Denis Diderot

Supplément au Voyage de Bougainville (1773)

et autres textes sur la nature humaine

Texte intégral suivi d'un dossier critique
pour la préparation du bac français

Collection dirigée par
Johan Faerber

Édition annotée et commentée par
Laurence Rauline
agrégée de lettres modernes
docteur en littérature française de l'âge classique

Supplément au Voyage de Bougainville

Anthologie sur le thème de la nature humaine

© Hatier Paris 2013 – ISBN 978-2-218-97153-2

SUPPLÉMENT
AU VOYAGE
DE BOUGAINVILLE

OU

DIALOGUE ENTRE A ET B

SUR L'INCONVÉNIENT D'ATTACHER

DES IDÉES MORALES À CERTAINES ACTIONS PHYSIQUES

QUI N'EN COMPORTENT PAS

At quanto meliora monet, pugnantiaque istis,
Dives opis Natura suae, tu si modo recte
Dispensare velis, ac non fugienda petendis
Immiscere ! Tuo vitio rerumne labores,
Nil referre putas[1] *?*
Horat., *Sat.*, lib. *I*, *sat.* II, vers 73 et seq.

---

1. Horace, *Satires*, trad. François Villeneuve, Les Belles Lettres, 1932 : « Ah ! combien meilleurs, combien opposés à de tels principes sont les avis de la nature, assez riche de son propre fond si seulement tu veux en bien dispenser les ressources et ne pas mêler ensemble ce qu'on doit fuir, ce qu'on doit rechercher. Crois-tu qu'il soit indifférent que tu souffres par ta faute ou par celle des choses ? »

I

Jugement du Voyage
de Bougainville

A. Cette superbe voûte étoilée[1], sous laquelle nous revînmes hier, et qui semblait nous garantir un beau jour, ne nous a pas tenu parole.

B. Qu'en savez-vous ?

5 *A.* Le brouillard est si épais qu'il nous dérobe la vue des arbres voisins.

B. Il est vrai ; mais si ce brouillard, qui ne reste dans la partie inférieure de l'atmosphère que parce qu'elle est suffisamment chargée d'humidité, retombe sur la terre ?

10 *A.* Mais si au contraire il traverse l'éponge[2], s'élève et gagne la région supérieure où l'air est moins dense et peut, comme disent les chimistes, n'être pas saturé ?

B. Il faut attendre.

A. En attendant, que faites-vous ?

15 *B.* Je lis.

A. Toujours ce Voyage de Bougainville[3] ?

---

1. Voûte étoilée : ciel.

2. Éponge : atmosphère (chargée d'eau comme une éponge).

3. Louis Antoine de Bougainville, navigateur (1729-1811), a publié en 1771 son *Voyage autour du monde par la frégate du roi La Boudeuse, et la flûte* (navire) *L'Étoile en 1766, 1767, 1768 et 1769.* Parti de Nantes, Bougainville franchit le détroit de Magellan et s'arrête à Tahiti. Il passe ensuite par les Moluques, puis le cap de Bonne-Espérance, avant de faire retour à Saint-Malo, en France (→ repère 2, p. 119).

B. Toujours.

A. Je n'entends[1] rien à cet homme-là. L'étude des mathématiques, qui suppose une vie sédentaire, a rempli le temps de ses jeunes années ; et voilà qu'il passe subitement d'une condition méditative et retirée au métier actif, pénible, errant et dissipé[2] de voyageur[3].

B. Nullement ; si le vaisseau n'est qu'une maison flottante, et si vous considérez le navigateur qui traverse des espaces immenses, resserré et immobile dans une enceinte assez étroite, vous le verrez faisant le tour du globe sur une planche, comme vous et moi le tour de l'univers sur notre parquet.

A. Une autre bizarrerie apparente, c'est la contradiction du caractère de l'homme et de son entreprise. Bougainville a le goût des amusements de la société ; il aime les femmes, les spectacles, les repas délicats ; il se prête au tourbillon du monde[4] d'aussi bonne grâce qu'aux inconstances de l'élément sur lequel il a été ballotté[5]. Il est aimable et gai : c'est un véritable Français lesté, d'un bord[6], d'un Traité de calcul différentiel et intégral[7], et de l'autre, d'un Voyage autour du globe.

B. Il fait comme tout le monde : il se dissipe après s'être appliqué, et s'applique après s'être dissipé.

---

1. Entends : comprends.

2. Dissipé : agité.

3. Cette rapide biographie de Bougainville est un peu inexacte. Dans sa jeunesse, il n'a pas été que « sédentaire », car il a participé à des campagnes militaires au Canada.

4. Monde : bonne société.

5. L'élément sur lequel il a été ballotté : la mer.

6. Lesté d'un bord : chargé d'un côté.

7. Traité du calcul différentiel et intégral : ouvrage de mathématiques en deux volumes de Bougainville (1754-1756).

A. Que pensez-vous de son Voyage ?

40 *B.* Autant que j'en puis juger sur une lecture assez super-ficielle, j'en rapporterais l'avantage à trois points principaux. Une meilleure connaissance de notre vieux domicile[1] et de ses habitants ; plus de sûreté sur des mers qu'il a parcourues la sonde[2] à la main, et plus de correction dans nos cartes géogra-

45 phiques. Bougainville est parti avec les lumières[3] nécessaires et les qualités propres à ces vues : de la philosophie, du courage, de la véracité ; un coup d'œil prompt qui saisit les choses et abrège le temps des observations ; de la circons-pection[4], de la patience ; le désir de voir, de s'éclairer et de

50 s'instruire ; la science du calcul, des mécaniques, de la géomé-trie, de l'astronomie ; et une teinture[5] suffisante d'histoire naturelle.

A. Et son style ?

B. Sans apprêt[6] ; le ton de la chose, de la simplicité et de la

55 clarté, surtout quand on possède la langue des marins[7].

A. Sa course[8] a été longue ?

B. Je l'ai tracée sur ce globe. Voyez-vous cette ligne de points rouges ?

A. Qui part de Nantes ?

---

1. Notre vieux domicile : la Terre.

2. Sonde : instrument de navigation qui permet de mesurer la profondeur de la mer. Cette connaissance constitue un progrès pour la sécurité des marins.

3. Lumières : connaissances.

4. Circonspection : prudence.

5. Teinture : vernis, connaissance superficielle.

6. Sans apprêt : de manière naturelle.

7. Les marins ont en effet un vocabulaire qui leur est propre (termes techniques ou jargon).

8. Course : voyage.

60   *B.* Et court jusqu'au détroit de Magellan[1], entre dans la mer Pacifique, serpente entre ces îles formant l'archipel[2] immense qui s'étend des Philippines à la Nouvelle Hollande[3], rase[4] Madagascar, le cap de Bonne-Espérance[5], se prolonge dans l'Atlantique, suit les côtes d'Afrique, et
65 rejoint l'une de ses extrémités à celle d'où le navigateur s'est embarqué.

    A. Il a beaucoup souffert ?

    B. Tout navigateur s'expose, et consent de s'exposer aux périls de l'air, du feu, de la terre et de l'eau : mais qu'après
70 avoir erré des mois entiers entre la mer et le ciel, entre la mort et la vie, après avoir été battu des tempêtes, menacé de périr par naufrage, par maladie, par disette[6] d'eau et de pain, un infortuné vienne, son bâtiment[7] fracassé, tomber, expirant de fatigue et de misère, aux pieds d'un monstre
75 d'airain[8] qui lui refuse ou lui fait attendre impitoyablement les secours les plus urgents, c'est une dureté !…

    A. Un crime digne de châtiment.

    B. Une de ces calamités sur laquelle le voyageur n'a pas compté.

80   *A.* Et n'a pas dû compter. Je croyais que les puissances européennes n'envoyaient, pour commandants dans leurs

---

1. Détroit de Magellan : passage maritime au sud de l'Amérique latine, entre l'océan Atlantique et l'océan Pacifique.

2. Il s'agirait de l'archipel des Moluques.

3. Nouvelle Hollande : Australie.

4. Rase : passe très près de.

5. Le cap de Bonne-Espérance se situe sur la côte sud du continent africain.

6. Disette : manque.

7. Bâtiment : bateau.

8. Monstre d'airain : monstre impitoyable. L'airain désigne aujourd'hui le bronze. Les Français, alliés aux Espagnols, ont été mal accueillis à cette escale.

possessions d'outre-mer, que des âmes honnêtes, des hommes bienfaisants, des sujets remplis d'humanité, et capables de compatir…

85   *B.* C'est bien là ce qui les soucie !

A. Il y a des choses singulières dans ce *Voyage de Bougainville.*

B. Beaucoup.

A. N'assure-t-il pas que les animaux sauvages s'approchent
90   de l'homme, et que les oiseaux viennent se poser sur lui, lorsqu'ils ignorent le danger de cette familiarité[1] ?

B. D'autres l'avaient dit avant lui.

A. Comment explique-t-il le séjour de certains animaux dans des îles séparées de tout continent par des intervalles de
95   mer effrayants ? Qui est-ce qui a porté là le loup, le renard, le chien, le cerf, le serpent ?

B. Il n'explique rien, il atteste le fait.

A. Et vous, comment l'expliquez-vous ?

B. Qui sait l'histoire primitive de notre globe ? Combien
100   d'espaces de terre, maintenant isolés, étaient autrefois continus ? Le seul phénomène sur lequel on pourrait former quelque conjecture[2], c'est la direction de la masse des eaux qui les a séparés.

A. Comment cela ?

105   *B.* Par la forme générale des arrachements[3]. Quelque jour nous nous amuserons de cette recherche, si cela nous convient. Pour ce moment, voyez-vous cette île qu'on

---

1. Familiarité : proximité.
2. Conjecture : hypothèse.
3. Arrachements : séparations et mouvements de plaques de terre.

appelle *des Lanciers*[1] ? À l'inspection du lieu qu'elle occupe sur le globe, il n'est personne qui ne se demande : Qu'est-ce qui a placé là des hommes ? quelle communication les liait autrefois avec le reste de leur espèce ? que deviennent-ils en se multipliant sur un espace qui n'a pas plus d'une lieue[2] de diamètre ?

A. Ils s'exterminent et se mangent ; et de là peut-être une première époque très ancienne et très naturelle de l'anthropophagie[3], insulaire d'origine[4].

B. Ou la multiplication y est limitée par quelque loi superstitieuse : l'enfant y est écrasé dans le sein de sa mère foulée sous les pieds d'une prêtresse[5].

A. Ou l'homme égorgé expire sous le couteau d'un prêtre ; ou l'on a recours à la castration des mâles...

B. À l'infibulation[6] des femelles ; et de là tant d'usages d'une cruauté nécessaire et bizarre, dont la cause s'est perdue dans la nuit des temps et met les philosophes à la torture. Une observation assez constante, c'est que les institutions surnaturelles et divines se fortifient et s'éternisent, en se transformant, à la longue, en lois civiles et nationales ; et que les institutions civiles et nationales se consacrent, et dégénèrent en préceptes surnaturels et divins.

---

1. Île des Lanciers : nom donné par Bougainville à l'île de Akiaki, parce qu'on ne peut y aborder sans risque.

2. Lieue : unité de longueur, équivalant à environ 4 km.

3. Anthropophagie : cannibalisme.

4. Insulaire d'origine : née dans une île.

5. Référence à un rituel qui voulait que les prêtresses piétinent les femmes enceintes pour provoquer un avortement.

6. Infibulation : pratique qui vise à empêcher toute relation sexuelle en passant une fibule (anneau ou agrafe) à travers le prépuce des hommes ou les petites lèvres du sexe de la femme.

130   *A.* C'est une des palingénésies[1] les plus funestes[2].

    B. Un brin de plus qu'on ajoute au lien dont on nous serre.

    A. N'était-il pas au Paraguay au moment même de l'expulsion des jésuites[3] ?

135   *B.* Oui.

    A. Qu'en dit-il ?

    B. Moins qu'il n'en pourrait dire ; mais assez pour nous apprendre que ces cruels Spartiates[4] en jaquette[5] noire en usaient avec leurs esclaves indiens comme les Lacédémoniens[6]

140 avec les Ilotes[7] ; les avaient condamnés à un travail assidu ; s'abreuvaient de leur sueur, ne leur avaient laissé aucun droit de propriété ; les tenaient sous l'abrutissement de la superstition ; en exigeaient une vénération profonde ; marchaient au milieu d'eux, un fouet à la main, et en frappaient indistincte-

145 ment tout âge et tout sexe. Un siècle de plus et leur expulsion devenait impossible, ou le motif d'une longue guerre entre ces moines et le souverain dont ils avaient peu à peu secoué l'autorité.

---

1. **Palingénésies** : nouvelles naissances.

2. **Funestes** : désastreuses, fatales.

3. Les jésuites avaient fondé au Paraguay un État autonome, avec l'accord du roi d'Espagne Philippe III (1578-1621). En 1750, un traité fait passer le Paraguay des mains de l'Espagne à celles du Portugal, qui expulse les jésuites en 1767, à l'initiative du Premier ministre portugais Pombal (1699-1782).

4. **Spartiates** : habitants de Sparte, cité grecque. Ils étaient réputés pour leurs mœurs rigoureuses et parfois violentes.

5. **Jaquette** : long vêtement austère, porté sans rien d'autre. Les « cruels Spartiates en jaquette noire » sont les jésuites.

6. **Lacédémoniens** : Spartiates, habitants de la cité grecque de Sparte.

7. **Ilotes** : esclaves à Sparte.

A. Et ces Patagons[1], dont le docteur Maty et l'académicien
150 La Condamine[2] ont fait tant de bruit?

B. Ce sont de bonnes gens qui viennent à vous, et qui vous
embrassent en criant *Chaoua*; forts, vigoureux, toutefois
n'excédant guère la hauteur de cinq pieds cinq à six pouces[3];
n'ayant d'énorme que leur corpulence, la grosseur de leur tête,
155 et l'épaisseur de leurs membres.

Né avec le goût du merveilleux, qui exagère tout autour de
lui, comment l'homme laisserait-il une juste proportion aux
objets, lorsqu'il a, pour ainsi dire, à justifier le chemin qu'il a
fait, et la peine qu'il s'est donnée pour les aller voir au loin?

160 *A.* Et du sauvage, qu'en pense-t-il?

B. C'est, à ce qu'il paraît, de la défense journalière contre
les bêtes, qu'il tient le caractère cruel qu'on lui remarque
quelquefois. Il est innocent et doux, partout où rien ne
trouble son repos et sa sécurité. Toute guerre naît d'une
165 prétention[4] commune à la même propriété. L'homme civilisé a une prétention commune, avec l'homme civilisé, à
la possession d'un champ dont ils occupent les deux
extrémités; et ce champ devient un sujet de dispute entre
eux.

170 *A.* Et le tigre a une prétention commune, avec l'homme
sauvage, à la possession d'une forêt; et c'est la première des

---

1. Patagons: Indiens habitant vers la Terre de Feu, à l'extrême sud de
l'Amérique.
2. Le docteur Maty (1718-1776), qui pense que les Patagons sont des géants, a
débattu de ce sujet avec La Condamine (1701-1774), un savant français, qui a
longtemps séjourné en Amérique du Sud.
3. Le pied équivaut à douze pouces ou environ 33 cm. Un pouce équivaut à
27 mm.
4. Prétention: ambition, désir.

prétentions, et la cause de la plus ancienne des guerres…
Avez-vous vu le Taïtien que Bougainville avait pris sur son
bord et transporté dans ce pays-ci ?

175   *B.* Je l'ai vu ; il s'appelait Aotourou. À la première terre
qu'il aperçut, il la prit pour la patrie des voyageurs ; soit
qu'on lui en eût imposé sur la longueur du voyage ; soit
que, trompé naturellement par le peu de distance apparente
des bords de la mer qu'il habitait, à l'endroit où le ciel
180   semble confiner à[1] l'horizon, il ignorât la véritable étendue
de la terre. L'usage commun des femmes[2] était si bien établi
dans son esprit, qu'il se jeta sur la première Européenne qui
vint à sa rencontre, et qu'il se disposait très sérieusement à
lui faire la politesse de Taïti[3]. Il s'ennuyait parmi nous.
185   L'alphabet n'ayant ni *b*, ni *c*, ni *d*, ni *f*, ni *g*, ni *q*, ni *y*, ni *ç*,
ni *z*[4], il ne put jamais apprendre à parler notre langue qui
offrait à ses organes inflexibles[5] trop d'articulations étrangères et de sons nouveaux. Il ne cessait de soupirer après[6]
son pays, et je n'en suis pas étonné. Le Voyage de Bougain-
190   ville est le seul qui m'ait donné du goût pour une autre
contrée que la mienne ; jusqu'à cette lecture, j'avais pensé
qu'on n'était nulle part aussi bien que chez soi ; résultat que
je croyais le même pour chaque habitant de la terre ; effet
naturel de l'attrait du sol ; attrait qui tient aux commodités

---

1. Confiner à : être très proche de.
2. Référence à la libre sexualité des Tahitiens.
3. **Lui faire la politesse de Taïti** : avoir avec elle une relation sexuelle, ce qui
est pour lui un témoignage de courtoisie.
4. Il manque en effet à cette langue de nombreuses consonnes, ce qui lui donne
des sonorités réputées plus douces.
5. **Inflexibles** : qui manquent de souplesse, qui ne parviennent pas à s'adapter.
6. **Soupirer après** : avoir la nostalgie de.

195   dont on jouit, et qu'on n'a pas la même certitude de
retrouver ailleurs.

A. Quoi! vous ne croyez pas l'habitant de Paris aussi
convaincu qu'il croisse des épis dans la campagne de Rome
que dans les champs de la Beauce[1]?

200   *B.* Ma foi, non. Bougainville a renvoyé Aotourou, après
avoir pourvu aux frais et à la sûreté de son retour[2].

A. Ô Aotourou! que tu seras content de revoir ton père, ta
mère, tes frères, tes sœurs, tes maîtresses, tes compatriotes!
Que leur diras-tu de nous?

205   *B.* Peu de choses, et qu'ils ne croiront pas.

A. Pourquoi peu de choses?

B. Parce qu'il en a peu conçues, et qu'il ne trouvera dans sa
langue aucun terme correspondant à celles dont il a quelques
idées.

210   *A.* Et pourquoi ne le croiront-ils pas?

B. Parce qu'en comparant leurs mœurs aux nôtres, ils
aimeront mieux prendre Aotourou pour un menteur que de
nous croire si fous.

A. En vérité?

215   *B.* Je n'en doute pas: la vie sauvage est si simple, et nos
sociétés sont des machines si compliquées! Le Taïtien
touche à l'origine du monde, et l'Européen touche à sa vieillesse. L'intervalle qui le sépare de nous est plus grand que
la distance de l'enfant qui naît à l'homme décrépit[3].

---

1. Beauce: région céréalière du Bassin parisien.
2. Aotourou reprend la mer après onze mois passés à Paris. Il meurt en 1771 de
la petite vérole, sans avoir eu le temps de retrouver sa patrie.
3. Décrépit: affaibli par la vieillesse.

220 Il n'entend[1] rien à nos usages, à nos lois, ou il n'y voit que des entraves déguisées sous cent formes diverses ; entraves qui ne peuvent qu'exciter l'indignation et le mépris d'un être en qui le sentiment de la liberté est le plus profond des sentiments.

225 *A.* Est-ce que vous donneriez dans[2] la fable[3] de Taïti ?

B. Ce n'est point une fable ; et vous n'auriez aucun doute sur la sincérité de Bougainville, si vous connaissiez le Supplément de son Voyage.

A. Et où trouve-t-on ce Supplément[4] ?

230 *B.* Là, sur cette table.

A. Est-ce que vous ne me le confierez pas ?

B. Non ; mais nous pourrons le parcourir ensemble si vous voulez.

A. Assurément, je le veux. Voilà le brouillard qui retombe,
235 et l'azur du ciel qui commence à paraître. Il semble que mon lot soit d'avoir tort avec vous jusque dans les moindres choses ; il faut que je sois bien bon pour vous pardonner une supériorité aussi continue.

B. Tenez, tenez, lisez : passez ce préambule qui ne signifie
240 rien, et allez droit aux adieux que fit un des chefs de l'île à nos voyageurs. Cela vous donnera quelque notion de l'éloquence[5] de ces gens-là.

---

1. Entend : comprend.

2. Donneriez dans : croiriez à, vous laisseriez duper par.

3. Fable : discours mensonger.

4. Un autre texte portant ce titre a déjà été publié : le *Supplément au Voyage de M. de Bougainville* de Joseph Banks et Daniel Solander, traduit par M. de Fréville (1772).

5. Éloquence : art de bien parler et de persuader.

A. Comment Bougainville a-t-il compris ces adieux prononcés dans une langue qu'il ignorait ?

245   *B.* Vous le saurez.

II

Les adieux du vieillard

C'est un vieillard qui parle; il était père d'une famille nombreuse. À l'arrivée des Européens, il laissa tomber des regards de dédain[1] sur eux, sans marquer ni étonnement, ni frayeur, ni curiosité. Ils l'abordèrent; il leur tourna le dos, se retira dans sa cabane. Son silence et son souci[2] ne décelaient[3] que trop sa pensée: il gémissait en lui-même sur les beaux jours de son pays éclipsés. Au départ de Bougainville, lorsque les habitants accouraient en foule sur le rivage, s'attachaient à ses vêtements, serraient ses camarades entre leurs bras, et pleuraient, ce vieillard s'avança d'un air sévère, et dit: « Pleurez, malheureux Taïtiens! pleurez; mais que ce soit de l'arrivée, et non du départ de ces hommes ambitieux et méchants: un jour, vous les connaîtrez mieux. Un jour, ils reviendront, le morceau de bois[4] que vous voyez attaché à la ceinture de celui-ci, dans une main, et le fer[5] qui pend au côté de celui-là, dans l'autre, vous enchaîner, vous égorger, ou vous assujettir à leurs extravagances et à leurs vices; un jour vous

---

1. Dédain: mépris.
2. Souci: air inquiet.
3. Décelaient: révélaient.
4. Morceau de bois: croix portée par l'aumônier qui accompagne Bougainville, symbole du christianisme.
5. Fer: épée.

servirez sous eux, aussi corrompus, aussi vils, aussi malheureux qu'eux. Mais je me console ; je touche à la fin de ma
20 carrière[1] ; et la calamité que je vous annonce, je ne la verrai point. Ô Taïtiens ! mes amis ! vous auriez un moyen d'échapper à un funeste avenir ; mais j'aimerais mieux mourir que de vous en donner le conseil. Qu'ils s'éloignent, et qu'ils vivent. »

25 Puis s'adressant à Bougainville, il ajouta : « Et toi, chef des brigands qui t'obéissent, écarte promptement ton vaisseau[2] de notre rive : nous sommes innocents, nous sommes heureux ; et tu ne peux que nuire à notre bonheur. Nous suivons le pur instinct de la nature ; et tu as tenté d'effacer de nos âmes son
30 caractère. Ici tout est à tous ; et tu nous as prêché je ne sais quelle distinction du *tien* et du *mien*[3]. Nos filles et nos femmes nous sont communes ; tu as partagé ce privilège avec nous ; et tu es venu allumer en elles des fureurs inconnues. Elles sont devenues folles dans tes bras ; tu es devenu féroce entre les leurs.
35 Elles ont commencé à se haïr ; vous vous êtes égorgés pour elles ; et elles nous sont revenues teintes de votre sang. Nous sommes libres ; et voilà que tu as enfoui dans notre terre le titre[4] de notre futur esclavage. Tu n'es ni un dieu, ni un démon : qui es-tu donc, pour faire des esclaves ? Orou ! toi qui entends[5] la langue
40 de ces hommes-là, dis-nous à tous, comme tu me l'as dit à moi-même, ce qu'ils ont écrit sur cette lame de métal : *Ce pays est à nous.* Ce pays est à toi ! et pourquoi ? parce que tu y as mis le

---

1. Carrière : vie.
2. Vaisseau : bateau.
3. Distinction du *tien* et du *mien* : sens de la propriété.
4. Titre : acte qui pose le fondement d'un droit.
5. Entends : comprends.

pied ? Si un Taïtien débarquait un jour sur vos côtes et qu'il
gravât sur une de vos pierres ou sur l'écorce d'un de vos arbres :
45 *Ce pays appartient aux habitants de Taïti*, qu'en penserais-tu ? Tu
es le plus fort ! Et qu'est-ce que cela fait ? Lorsqu'on t'a enlevé
une des méprisables bagatelles [1] dont ton bâtiment [2] est rempli,
tu t'es récrié, tu t'es vengé ; et dans le même instant tu as
projeté [3] au fond de ton cœur le vol de toute une contrée ! Tu
50 n'es pas esclave, tu souffrirais la mort plutôt que de l'être, et tu
veux nous asservir ! Tu crois donc que le Taïtien ne sait pas
défendre sa liberté et mourir ? Celui dont tu veux t'emparer
comme de la brute, le Taïtien est ton frère. Vous êtes deux
enfants de la nature ; quel droit as-tu sur lui qu'il n'ait pas sur
55 toi ? Tu es venu ; nous sommes-nous jetés sur ta personne ?
avons-nous pillé ton vaisseau ? t'avons-nous saisi et exposé aux
flèches de nos ennemis ? t'avons-nous associé dans nos champs
au travail de nos animaux ? Nous avons respecté notre image en
toi. Laisse-nous nos mœurs ; elles sont plus sages et plus
60 honnêtes que les tiennes ; nous ne voulons point troquer ce que
tu appelles notre ignorance contre tes inutiles lumières [4]. Tout
ce qui nous est nécessaire et bon, nous le possédons. Sommes-
nous dignes de mépris, parce que nous n'avons pas su nous faire
des besoins superflus ? Lorsque nous avons faim, nous avons de
65 quoi manger ; lorsque nous avons froid, nous avons de quoi
nous vêtir. Tu es entré dans nos cabanes, qu'y manque-t-il, à ton
avis ? Poursuis [5] jusqu'où tu voudras ce que tu appelles les

---

1. **Méprisables bagatelles** : objets de peu de valeur.
2. **Bâtiment** : bateau.
3. **Projeté** : conçu le projet.
4. **Lumières** : connaissances. Diderot, par l'intermédiaire du vieillard, exprime une certaine méfiance vis-à-vis des progrès des Lumières au XVIIIᵉ siècle.
5. **Poursuis** : recherche, tente d'obtenir.

commodités de la vie ; mais permets à des êtres sensés de
s'arrêter, lorsqu'ils n'auraient à obtenir, de la continuité de leurs
70   pénibles efforts, que des biens imaginaires. Si tu nous persuades
de franchir l'étroite limite du besoin, quand finirons-nous de
travailler ? Quand jouirons-nous ? Nous avons rendu la somme
de nos fatigues annuelles et journalières la moindre qu'il était
possible, parce que rien ne nous paraît préférable au repos.
75   Va dans ta contrée t'agiter, te tourmenter tant que tu voudras ;
laisse-nous reposer : ne nous entête ni de tes besoins factices[1],
ni de tes vertus chimériques[2]. Regarde ces hommes ; vois
comme ils sont droits, sains et robustes ; regarde ces femmes,
vois comme elles sont droites, saines, fraîches et belles. Prends
80   cet arc, c'est le mien ; appelle à ton aide un, deux, trois, quatre
de tes camarades, et tâchez de le tendre. Je le tends moi seul[3].
Je laboure la terre ; je grimpe la montagne ; je perce[4] la forêt ; je
parcours une lieue[5] de la plaine en moins d'une heure. Tes
jeunes compagnons ont eu peine à me suivre ; et j'ai quatre-
85   vingt-dix ans passés. Malheur à cette île ! malheur aux Taïtiens
présents, et à tous les Taïtiens à venir, du jour où tu nous as
visités ! Nous ne connaissions qu'une maladie ; celle à laquelle
l'homme, l'animal et la plante ont été condamnés, la vieillesse ;
et tu nous en as apporté une autre : tu as infecté notre sang[6].

---

1. Factices : faux.

2. Chimériques : illusoires.

3. Allusion à l'épreuve de l'arc que Pénélope, femme d'Ulysse, impose à ses
prétendants : elle promet d'épouser celui qui saura tendre l'arc d'Ulysse et
traverser douze haches, comme seul ce dernier était capable de le faire. (Homère,
Odyssée, chant XXI.)

4. Perce : passe au travers de.

5. Lieue : unité de longueur, équivalant environ à 4 km.

6. Les Européens ont introduit à Tahiti des maladies dont les habitants ne
souffraient pas auparavant, en particulier des maladies vénériennes.

90 Il nous faudra peut-être exterminer de nos propres mains nos filles, nos femmes, nos enfants ; ceux qui ont approché tes femmes[1] ; celles qui ont approché tes hommes. Nos champs seront trempés du sang impur qui a passé de tes veines dans les nôtres ; ou nos enfants condamnés à nourrir et à perpétuer le

95 mal que tu as donné aux pères et aux mères, et qu'ils transmettront à jamais à leurs descendants. Malheureux ! tu seras coupable, ou des ravages qui suivront les funestes caresses des tiens, ou des meurtres que nous commettrons pour en arrêter le poison. Tu parles de crimes ! as-tu l'idée d'un plus grand crime

100 que le tien ? Quel est chez toi le châtiment de celui qui tue son voisin ? la mort par le fer[2] ; quel est chez toi le châtiment du lâche qui l'empoisonne ? la mort par le feu : compare ton forfait[3] à ce dernier ; et dis-nous, empoisonneur de nations, le supplice que tu mérites ? Il n'y a qu'un moment la jeune Taïtienne

105 s'abandonnait aux transports[4], aux embrassements du jeune Taïtien ; attendait avec impatience que sa mère (autorisée par l'âge nubile[5]) relevât son voile, et mît sa gorge[6] à nu. Elle était fière d'exciter les désirs, et d'arrêter les regards amoureux de l'inconnu, de ses parents, de son frère ; elle acceptait sans frayeur

110 et sans honte, en notre présence, au milieu d'un cercle d'innocents Taïtiens, au son des flûtes, entre les danses, les caresses de celui que son jeune cœur et la voix secrète de ses sens lui

---

1. Il est peu probable que Bougainville ait été accompagné de beaucoup de femmes, dont la présence sur un bateau était interdite. Une femme déguisée en homme pouvait toutefois s'être dissimulée (→ p. 28).
2. Fer : épée.
3. Forfait : crime.
4. Transports : élans.
5. Âge nubile : âge d'être mariée.
6. Gorge : poitrine.

désignaient. L'idée du crime et le péril de la maladie sont entrés avec toi parmi nous. Nos jouissances, autrefois si douces, sont
115 accompagnées de remords et d'effroi. Cet homme noir, qui est près de toi[1], qui m'écoute, a parlé à nos garçons ; je ne sais ce qu'il a dit à nos filles ; mais nos garçons hésitent ; mais nos filles rougissent. Enfonce-toi, si tu veux, dans la forêt obscure, avec la compagne perverse de tes plaisirs ; mais accorde aux bons et
120 simples[2] Taïtiens de se reproduire[3] sans honte, à la face du ciel et au grand jour. Quel sentiment plus honnête et plus grand pourrais-tu mettre à la place de celui que nous leur avons inspiré et qui les anime ? Ils pensent que le moment d'enrichir la nation et la famille d'un nouveau citoyen est venu, et ils s'en
125 glorifient. Ils mangent pour vivre et pour croître : ils croissent pour multiplier, et ils n'y trouvent ni vice, ni honte. Écoute la suite de tes forfaits[4]. À peine t'es-tu montré parmi eux, qu'ils sont devenus voleurs. À peine es-tu descendu dans notre terre, qu'elle a fumé de sang. Ce Taïtien qui courut à ta rencontre, qui
130 t'accueillit, qui te reçut en criant : *Taïo ! ami, ami* : vous l'avez tué. Et pourquoi l'avez-vous tué ? Parce qu'il avait été séduit par l'éclat de tes petits œufs de serpent[5]. Il te donnait ses fruits ; il t'offrait sa femme et sa fille ; il te cédait sa cabane : et tu l'as tué pour une poignée de ces grains, qu'il avait pris sans te le
135 demander. Et ce peuple ? Au bruit de ton arme meurtrière, la

---

1. Homme noir qui est près de toi : aumônier, habillé en noir, qui accompagne Bougainville.

2. Simples : naïfs, innocents.

3. Se reproduire : avoir des enfants, ce qui semble être le but premier assigné à la sexualité par le vieillard.

4. Forfaits : crimes.

5. Petits œufs de serpent : allusion aux bijoux de peu de valeur qui ont attiré les Tahitiens. Le serpent est le symbole biblique du mal.

terreur s'est emparée de lui ; et il s'est enfui dans la montagne ;
mais crois qu'il n'aurait pas tardé d'en descendre ; crois qu'en
un instant, sans moi, vous périssiez tous. Eh ! pourquoi les ai-je
apaisés ? pourquoi les ai-je contenus ? pourquoi les contiens-je
140 encore dans ce moment ? Je l'ignore ; car tu ne mérites aucun
sentiment de pitié ; car tu as une âme féroce qui ne l'éprouva
jamais. Tu t'es promené, toi et les tiens, dans notre île ; tu as été
respecté ; tu as joui de tout ; tu n'as trouvé sur ton chemin ni
barrière, ni refus : on t'invitait ; tu t'asseyais ; on étalait devant
145 toi l'abondance[1] du pays. As-tu voulu de jeunes filles ? excepté
celles qui n'ont pas encore le privilège de montrer leur visage
et leur gorge[2], les mères t'ont présenté les autres toutes nues ;
te voilà possesseur de la tendre victime du devoir hospitalier[3] ;
on a jonché, pour elle et pour toi, la terre de feuilles et de fleurs ;
150 les musiciens ont accordé leurs instruments ; rien n'a troublé la
douceur, ni gêné la liberté de tes caresses et des siennes. On a
chanté l'hymne, l'hymne qui t'exhortait à être homme, qui
exhortait notre enfant à être femme, et femme complaisante
et voluptueuse. On a dansé autour de votre couche ; et c'est
155 au sortir des bras de cette femme, après avoir éprouvé sur son
sein la plus douce ivresse, que tu as tué son frère, son ami, son
père, peut-être. Tu as fait pis encore ; regarde de ce côté ; vois
cette enceinte hérissée de flèches ; ces armes qui n'avaient menacé
que nos ennemis, vois-les tournées contre nos propres enfants :
160 vois les malheureuses compagnes de nos plaisirs ; vois leur
tristesse ; vois la douleur de leurs pères ; vois le désespoir de

---

1. **Abondance** : richesse.
2. **Gorge** : poitrine.
3. **Devoir hospitalier** : devoir, pour les femmes de Tahiti, d'accepter une
relation sexuelle avec un hôte, par courtoisie.

leurs mères : c'est là qu'elles sont condamnées à périr ou par nos mains, ou par le mal que tu leur as donné[1]. Éloigne-toi, à moins que tes yeux cruels ne se plaisent à des spectacles de mort : éloigne-toi ; va, et puissent les mers coupables[2] qui t'ont épargné dans ton voyage s'absoudre, et nous venger en t'engloutissant avant ton retour ! Et vous, Taïtiens, rentrez dans vos cabanes, rentrez tous ; et que ces indignes étrangers n'entendent à leur départ que le flot qui mugit, et ne voient que l'écume dont sa fureur blanchit une rive déserte[3] ! »

À peine eut-il achevé, que la foule des habitants disparut : un vaste silence régna dans toute l'étendue de l'île ; et l'on n'entendit que le sifflement aigu des vents et le bruit sourd des eaux sur toute la longueur de la côte : on eût dit que l'air et la mer, sensibles à la voix du vieillard, se disposaient à lui obéir.

B. Eh bien ! qu'en pensez-vous ?

A. Ce discours me paraît véhément ; mais à travers je ne sais quoi d'abrupt et de sauvage, il me semble y retrouver des idées et des tournures européennes.

B. Pensez donc que c'est une traduction du taïtien en espagnol, et de l'espagnol en français. Le vieillard s'était rendu la nuit, chez cet Orou qu'il a interpellé, et dans la case duquel l'usage de la langue espagnole s'était conservé de temps immémorial[4]. Orou avait écrit en espagnol la harangue[5] du vieillard ; et Bougainville en avait une copie à main, tandis que le Taïtien la prononçait.

---

1. Le mal que tu leur as donné : la maladie vénérienne que tu leur as transmise.
2. Les mers sont « coupables » parce qu'elles ont permis à Bougainville d'arriver jusqu'à Tahiti.
3. L'absence et le silence des Tahitiens auraient alors une valeur d'accusation.
4. Immémorial : très ancien, dont on ne peut se souvenir.
5. Harangue : discours long et solennel.

A. Je ne vois que trop à présent pourquoi Bougainville a supprimé ce fragment ; mais ce n'est pas là tout ; et ma curiosité pour le reste n'est pas légère.

190 *B.* Ce qui suit, peut-être, vous intéressera moins.

A. N'importe.

B. C'est un entretien de l'aumônier de l'équipage avec un habitant de l'île.

A. Orou ?

195 *B.* Lui-même. Lorsque le vaisseau[1] de Bougainville approcha de Taïti, un nombre infini d'arbres creusés furent lancés sur les eaux ; en un instant son bâtiment[2] en fut environné ; de quelque côté qu'il tournât ses regards, il voyait des démonstrations de surprise et de bienveillance. On lui jetait

200 des provisions ; on lui tendait les bras ; on s'attachait à des cordes ; on gravissait contre[3] des planches ; on avait rempli sa chaloupe ; on criait vers le rivage, d'où les cris étaient répondus ; les habitants de l'île accouraient ; les voilà tous à terre : on s'empare des hommes de l'équipage ; on se les

205 partage ; chacun conduit le sien dans sa cabane : les hommes les tenaient embrassés par le milieu du corps ; les femmes leur flattaient les joues de leurs mains. Placez-vous là ; soyez témoin, par la pensée, de ce spectacle d'hospitalité ; et dites-moi comment vous trouvez l'espèce humaine.

210 *A.* Très belle.

B. Mais j'oublierais peut-être de vous parler d'un événement assez singulier[4]. Cette scène de bienveillance et d'humanité fut

---

1. **Vaisseau** : bateau.
2. **Bâtiment** : bateau.
3. **Gravissait contre** : gravissait.
4. **Singulier** : étonnant.

troublée tout à coup par les cris d'un homme qui appelait à son secours ; c'était le domestique d'un des officiers de Bougain-
215 ville[1]. De jeunes Taïtiens s'étaient jetés sur lui, l'avaient étendu par terre, le déshabillaient et se disposaient à lui faire la civilité[2].

A. Quoi ! ces peuples si simples[3], ces sauvages si bons, si honnêtes ?…

220 B. Vous vous trompez ; ce domestique était une femme déguisée en homme. Ignorée de l'équipage entier pendant tout le temps d'une longue traversée, les Taïtiens devinèrent son sexe au premier coup d'œil. Elle était née en Bourgogne ; elle s'appelait Barré ; ni laide, ni jolie ; âgée de vingt-six ans.
225 Elle n'était jamais sortie de son hameau, et sa première pensée de voyager fut de faire le tour du globe : elle montra toujours de la sagesse et du courage.

A. Ces frêles[4] machines-là renferment quelquefois des âmes bien fortes.

---

1. Allusion au domestique de Philibert Commerson (1727-1773), le naturaliste qui accompagne Bougainville dans son voyage.
2. Civilité : politesse. Nouvelle référence aux relations sexuelles proposées aux hôtes, en signe de bienvenue.
3. Simples : naïfs, innocents.
4. Frêles : fragiles.

III

Entretien de l'aumônier et d'Orou

B. Dans la division que les Taïtiens se firent de l'équipage de Bougainville, l'aumônier devint le partage d'Orou. L'aumônier et le Taïtien étaient à peu près du même âge, trente-cinq à trente-six ans. Orou n'avait alors que sa femme et trois
5   filles appelées Asto, Palli et Thia. Elles le déshabillèrent, lui lavèrent le visage, les mains et les pieds, et lui servirent un repas sain et frugal. Lorsqu'il fut sur le point de se coucher, Orou, qui s'était absenté avec sa famille, reparut, lui présenta sa femme et ses trois filles nues, et lui dit :

10   – Tu as soupé, tu es jeune, tu te portes bien ; si tu dors seul, tu dormiras mal ; l'homme a besoin la nuit d'une compagne à son côté. Voilà ma femme, voilà mes filles : choisis celle qui te convient[1] ; mais si tu veux m'obliger[2], tu donneras la préférence à la plus jeune de mes filles qui n'a point encore eu
15   d'enfants. La mère ajouta : – Hélas ! je n'ai point à m'en plaindre, la pauvre Thia ! ce n'est pas sa faute.

L'aumônier répondit : que sa religion, son état, les bonnes mœurs et l'honnêteté ne lui permettaient pas d'accepter ces offres.

---

1. Nouvelle référence à la coutume qui consiste à proposer aux hôtes des relations sexuelles avec les jeunes filles du pays.
2. M'obliger : me faire plaisir.

20 Orou répliqua :

— Je ne sais ce que c'est que la chose que tu appelles religion ;
mais je ne puis qu'en penser mal, puisqu'elle t'empêche de
goûter un plaisir innocent, auquel nature, la souveraine
maîtresse, nous invite tous ; de donner l'existence à un de tes
25 semblables ; de rendre un service que le père, la mère et les
enfants te demandent ; de t'acquitter[1] avec un hôte qui t'a fait
un bon accueil, et d'enrichir une nation, en l'accroissant d'un
sujet de plus. Je ne sais ce que c'est que la chose que tu appelles
état ; mais ton premier devoir est d'être homme et d'être recon-
30 naissant. Je ne te propose point de porter dans ton pays les
mœurs d'Orou ; mais Orou, ton hôte et ton ami, te supplie de
te prêter aux mœurs de Taïti. Les mœurs de Taïti sont-elles
meilleures ou plus mauvaises que les vôtres ? c'est une question
facile à décider. La terre où tu es né a-t-elle plus d'hommes
35 qu'elle n'en peut nourrir ? en ce cas tes mœurs ne sont ni pires
ni meilleures que les nôtres. En peut-elle nourrir plus qu'elle
n'en a ? nos mœurs sont meilleures que les tiennes. Quant à
l'honnêteté que tu m'objectes, je te comprends ; j'avoue que j'ai
tort ; et je t'en demande pardon. Je n'exige pas que tu nuises à
40 ta santé ; si tu es fatigué, il faut que tu te reposes ; mais j'espère
que tu ne continueras pas à nous contrister[2]. Vois le souci que
tu as répandu sur tous ces visages : elles craignent que tu n'aies
remarqué en elles quelques défauts qui leur attirent ton
dédain[3]. Mais quand cela serait, le plaisir d'honorer une de mes
45 filles, entre ses compagnes et ses sœurs, et de faire une bonne
action, ne te suffirait-il pas ? Sois généreux !

---

1. T'acquitter : payer ce que tu dois.
2. Contrister : attrister.
3. Dédain : mépris.

L'AUMÔNIER. – Ce n'est pas cela : elles sont toutes quatre également belles[1] ; mais ma religion ! mais mon état[2] !

OROU. – Elles m'appartiennent et je te les offre : elles sont à
50 elles et elles se donnent à toi. Quelle que soit la pureté de conscience que la chose *religion* et la chose *état* te prescrivent, tu peux les accepter sans scrupule. Je n'abuse point de mon autorité ; et sois sûr que je connais et que je respecte les droits des personnes.

Ici, le véridique[3] aumônier convient que jamais la Provi-
55 dence[4] ne l'avait exposé à une aussi pressante[5] tentation. Il était jeune ; il s'agitait, il se tourmentait ; il détournait ses regards des aimables suppliantes ; il les ramenait sur elles ; il levait ses mains et ses yeux au ciel. Thia, la plus jeune, embrassait ses genoux et lui disait : –Étranger, n'afflige pas mon père, n'af-
60 flige pas ma mère, ne m'afflige pas ! Honore-moi dans la cabane et parmi les miens ; élève-moi au rang de mes sœurs qui se moquent de moi[6]. Asto l'aînée a déjà trois enfants ; Palli, la seconde, en a deux, et Thia n'en a point ! Étranger, honnête étranger, ne me rebute[7] pas ! rends-moi mère ; fais-moi un
65 enfant que je puisse un jour promener par la main à côté de moi, dans Taïti ; qu'on voie dans neuf mois attaché à mon sein ; dont je sois fière, et qui fasse partie de ma dot[8], lorsque je passerai de

---

1. Également belles : d'égale beauté.

2. État : condition d'ecclésiastique, qui impose la chasteté.

3. Véridique : sincère.

4. Providence : expression de la sagesse de Dieu dans l'Histoire.

5. Pressante : forte, à laquelle on peine à résister.

6. La jeune fille demande à l'aumônier de faire d'elle une mère, en acceptant d'avoir une relation sexuelle avec elle.

7. Rebute : repousse.

8. Lorsque la jeune fille changera de foyer pour se marier, son enfant constituera pour elle une dot, c'est-à-dire une richesse qu'elle apportera au moment du mariage. Son futur mari acceptera donc sans difficulté un enfant conçu avant le mariage.

la cabane de mon père dans une autre. Je serai peut-être plus
chanceuse avec toi qu'avec nos jeunes Taïtiens. Si tu m'accordes
70 cette faveur, je ne t'oublierai plus ; je te bénirai toute ma vie ;
j'écrirai ton nom sur mon bras et sur celui de ton fils ; nous le
prononcerons sans cesse avec joie ; et, lorsque tu quitteras ce
rivage, mes souhaits t'accompagneront sur les mers jusqu'à ce
que tu sois arrivé dans ton pays.

75 Le naïf[1] aumônier dit qu'elle lui serrait les mains, qu'elle
attachait sur ses yeux des regards si expressifs et si touchants ;
qu'elle pleurait ; que son père, sa mère et ses sœurs s'éloi-
gnèrent ; qu'il resta seul avec elle, et qu'en disant : Mais ma
religion, mais mon état[2], il se trouva le lendemain couché à
80 côté de cette jeune fille, qui l'accablait de caresses, et qui
invitait son père, sa mère et ses sœurs, lorsqu'ils s'appro-
chèrent de leur lit le matin, à joindre leur reconnaissance à la
sienne.

Asto et Palli, qui s'étaient éloignées, rentrèrent avec les
85 mets du pays, des boissons et des fruits : elles embrassaient
leur sœur et faisaient des vœux pour elle.

Ils déjeunèrent tous ensemble ; ensuite Orou, demeuré seul
avec l'aumônier, lui dit :

— Je vois que ma fille est contente de toi ; et je te remercie.
90 Mais pourrais-tu m'apprendre ce que c'est que le mot religion, que tu as répété tant de fois, et avec tant de douleur ?

L'aumônier, après avoir rêvé un moment, répondit :

— Qui est-ce qui a fait ta cabane et les ustensiles qui la
meublent ?

---

1. Naïf : simple, innocent.
2. État : condition d'ecclésiastique, qui impose la chasteté.

95 OROU. – C'est moi.

L'AUMÔNIER. – Eh bien ! nous croyons que ce monde et ce qu'il renferme est l'ouvrage d'un ouvrier.

OROU. – Il a donc des pieds, des mains, une tête ?

L'AUMÔNIER. – Non.

100 OROU. – Où fait-il sa demeure ?

L'AUMÔNIER. – Partout.

OROU. – Ici-même !

L'AUMÔNIER. – Ici.

OROU. – Nous ne l'avons jamais vu.

105 L'AUMÔNIER. – On ne le voit pas.

OROU. – Voilà un père bien indifférent ! Il doit être vieux ; car il a au moins l'âge de son ouvrage.

L'AUMÔNIER. – Il ne vieillit point : il a parlé à nos ancêtres : il leur a donné des lois ; il leur a prescrit la manière dont il 110 voulait être honoré ; il leur a ordonné certaines actions, comme bonnes ; il leur en a défendu d'autres, comme mauvaises[1].

OROU. – J'entends[2] ; et une de ces actions qu'il leur a défendues comme mauvaises, c'est de coucher avec une 115 femme ou une fille. Pourquoi donc a-t-il fait deux sexes ?

L'AUMÔNIER. – Pour s'unir ; mais à certaines conditions requises, après certaines cérémonies préalables, en conséquence desquelles un homme appartient à une femme, et n'appartient qu'à elle ; une femme appartient à un homme, et 120 n'appartient qu'à lui.

OROU. – Pour toute leur vie.

---

1. Allusion aux Dix Commandements, gravés par Dieu sur les Tables de la Loi et transmis à Moïse.

2. J'entends : je comprends.

L'Aumônier. – Pour toute leur vie ?

Orou. – En sorte que, s'il arrivait à une femme de coucher avec un autre que son mari, ou à un mari de coucher avec une autre que sa femme... mais cela n'arrive point, car, puisqu'il est là, et que cela lui déplaît, il sait les en empêcher.

L'Aumônier. – Non ; il les laisse faire, et ils pèchent contre la loi de Dieu (car c'est ainsi que nous appelons le grand ouvrier), contre la loi du pays ; et ils commettent un crime.

Orou. – Je serais fâché de t'offenser par mes discours ; mais si tu le permettais, je te dirais mon avis.

L'Aumônier. – Parle.

Orou. – Ces préceptes singuliers[1], je les trouve opposés à la nature, et contraires à la raison ; faits pour multiplier les crimes, et fâcher à tout moment le vieil ouvrier, qui a tout fait sans mains, sans tête et sans outils ; qui est partout, et qu'on ne voit nulle part ; qui dure aujourd'hui et demain, et qui n'a pas un jour de plus ; qui commande et qui n'est pas obéi ; qui peut empêcher, et qui n'empêche pas. Contraires à la nature, parce qu'ils supposent qu'un être pensant, sentant et libre, peut être la propriété d'un être semblable à lui. Sur quoi ce droit serait-il fondé ? Ne vois-tu pas qu'on a confondu, dans ton pays, la chose qui n'a ni sensibilité, ni pensée, ni désir, ni volonté ; qu'on quitte, qu'on prend, qu'on garde, qu'on échange sans qu'elle souffre et sans qu'elle se plaigne, avec la chose qui ne s'échange point, ne s'acquiert point ; qui a liberté, volonté, désir ; qui peut se donner ou se refuser pour un moment ; se donner ou se refuser pour toujours ; qui se

---

1. Singuliers : étonnants, extraordinaires.

150 plaint et qui souffre ; et qui ne saurait devenir un effet de
commerce, sans qu'on oublie son caractère, et qu'on fasse
violence à la nature ? Contraires à la loi générale des êtres.
Rien[1], en effet, te paraît-il plus insensé qu'un précepte qui
proscrit[2] le changement qui est en nous ; qui commande une
155 constance[3] qui n'y peut être, et qui viole la liberté du mâle et
de la femelle, en les enchaînant pour jamais l'un à l'autre ;
qu'une fidélité qui borne la plus capricieuse des jouissances à
un même individu : qu'un serment d'immutabilité[4] de deux
êtres de chair, à la face d'un ciel qui n'est pas un instant le
160 même, sous des antres[5] qui menacent ruine ; au bas d'une
roche qui tombe en poudre ; au pied d'un arbre qui se gerce[6] ;
sur une pierre qui s'ébranle ? Crois-moi, vous avez rendu la
condition de l'homme pire que celle de l'animal. Je ne sais ce
que c'est que ton grand ouvrier : mais je me réjouis qu'il n'ait
165 point parlé à nos pères, et je souhaite qu'il ne parle point à nos
enfants ; car il pourrait par hasard leur dire les mêmes sottises,
et ils feraient peut-être celle de le croire. Hier, en soupant, tu
nous as entretenus[7] de magistrats et de prêtres ; je ne sais
quels sont ces personnages que tu appelles *magistrats* et *prêtres*,
170 dont l'autorité règle votre conduite ; mais, dis-moi, sont-ils
maîtres du bien et du mal ? Peuvent-ils faire que ce qui est
juste soit injuste, et que ce qui est injuste soit juste ? dépend-
il d'eux d'attacher le bien à des actions nuisibles, et le mal à

---

1. Rien : quelque chose (en contexte).

2. Proscrit : interdit.

3. Constance : stabilité, fidélité.

4. Immutabilité : caractère de ce qui ne change pas.

5. Antres : grottes.

6. Se gerce : se fend.

7. Tu nous as entretenus : tu nous as parlé.

des actions innocentes ou utiles ? Tu ne saurais le penser, car,
175 à ce compte, il n'y aurait ni vrai ni faux, ni bon ni mauvais, ni
beau ni laid ; du moins que ce qu'il plairait à ton grand
ouvrier, à tes magistrats, à tes prêtres, de prononcer tel ; et,
d'un moment à l'autre, tu serais obligé de changer d'idées et
de conduite. Un jour l'on te dirait, de la part de l'un de tes
180 trois maîtres : *tue*, et tu serais obligé, en conscience, de tuer ;
un autre jour : *vole*, et tu serais tenu de voler ; ou : *ne mange pas
de ce fruit*, et tu n'oserais en manger ; *je te défends ce légume ou cet
animal*, et tu te garderais d'y toucher. Il n'y a point de bonté
qu'on ne pût t'interdire ; point de méchanceté qu'on ne pût
185 t'ordonner. Et où en serais-tu réduit, si tes trois maîtres, peu
d'accord entre eux, s'avisaient de te permettre, de t'enjoindre
et de te défendre la même chose, comme je pense qu'il arrive
souvent ? Alors, pour plaire au prêtre, il faudra que tu te
brouilles avec le magistrat ; pour satisfaire le magistrat, il
190 faudra que tu mécontentes le grand ouvrier ; et pour te rendre
agréable au grand ouvrier ; il faudra que tu renonces à la
nature. Et sais-tu ce qui en arrivera ? c'est que tu les mépri-
seras tous trois, et que tu ne seras ni homme, ni citoyen, ni
pieux[1] ; que tu ne seras rien ; que tu seras mal avec toutes les
195 sortes d'autorité ; mal avec toi-même ; méchant, tourmenté
par ton cœur, persécuté par tes maîtres insensés ; et malheureux, comme je te vis hier au soir, lorsque je te présentai mes
filles et que tu t'écriais : Mais ma religion ! mais mon état[2] !
Veux-tu savoir, en tous temps et en tous lieux, ce qui est bon
200 et mauvais ? Attache-toi à la nature des choses et des actions ;

---

1. Pieux : croyant.
2. État : condition de prêtre, qui impose la chasteté.

à tes rapports avec ton semblable ; à l'influence de ta conduite sur ton utilité particulière et le bien général. Tu es en délire, si tu crois qu'il y ait rien[1], soit en haut, soit en bas, dans l'univers, qui puisse ajouter ou retrancher aux lois de la nature. Sa
205 volonté éternelle est que le bien soit préféré au mal, et le bien général au bien particulier. Tu ordonneras le contraire ; mais tu ne seras pas obéi. Tu multiplieras les malfaiteurs et les malheureux par la crainte, par le châtiment et par les remords ; tu dépraveras[2] les consciences ; tu corrompras les esprits ; ils
210 ne sauront plus ce qu'ils ont à faire ou à éviter. Troublés dans l'état d'innocence, tranquilles dans le forfait, ils auront perdu de vue l'étoile polaire[3] dans leur chemin. Réponds-moi sincèrement ; en dépit des ordres exprès de tes trois législateurs, un jeune homme, dans ton pays, ne couche-t-il jamais, sans leur
215 permission, avec une jeune fille ?

L'AUMÔNIER. – Je mentirais si je te l'assurais.

OROU. – La femme, qui a juré de n'appartenir qu'à son mari, ne se donne-t-elle point à un autre ?

L'AUMÔNIER. – Rien de plus commun.

220 OROU. – Tes législateurs sévissent ou ne sévissent pas : s'ils sévissent, ce sont des bêtes féroces qui battent la nature ; s'ils ne sévissent pas, ce sont des imbéciles qui ont exposé au mépris leur autorité par une défense[4] inutile.

L'AUMÔNIER. – Les coupables, qui échappent à la sévérité
225 des lois, sont châtiés par le blâme général.

---

1. Rien : quelque chose (dans un contexte positif).
2. Dépraveras : corrompras.
3. Étoile polaire : étoile la plus brillante de toutes, censée permettre aux voyageurs de se repérer.
4. Défense : interdiction.

Orou. – C'est-à-dire que la justice s'exerce par le défaut de sens commun [1] de toute la nation ; et que c'est la folie de l'opinion qui supplée [2] aux lois.

L'Aumônier. – La fille déshonorée ne trouve plus de mari.

230 Orou. – Déshonorée ! et pourquoi ?

L'Aumônier. – La femme infidèle est plus ou moins méprisée.

Orou. – Méprisée ! et pourquoi ?

L'Aumônier. – Le jeune homme s'appelle un lâche séduc-
235 teur.

Orou. – Un lâche ! un séducteur ! et pourquoi ?

L'Aumônier. – Le père, la mère et l'enfant sont désolés. L'époux volage [3] est un libertin [4] ; l'époux trahi [5] partage la honte de sa femme.

240 Orou. – Quel monstrueux tissu d'extravagances tu m'exposes là ! et encore tu ne dis pas tout : car aussitôt qu'on s'est permis de disposer à son gré des idées de justice et de propriété ; d'ôter ou de donner un caractère arbitraire aux choses ; d'unir aux actions ou d'en séparer le bien et le mal,
245 sans consulter que le caprice, on se blâme, on s'accuse, on se suspecte, on se tyrannise, on est envieux, on est jaloux, on se trompe, on s'afflige, on se cache, on dissimule, on s'épie, on se surprend, on se querelle, on ment ; les filles en imposent [6] à leurs parents ; les maris à leurs femmes ; les femmes à leurs
250 maris ; des filles, oui, je n'en doute pas, des filles étoufferont

---

1. Sens commun : raison, bon sens.
2. Supplée : se substitue.
3. Volage : infidèle.
4. Libertin : homme de mœurs dépravées.
5. Époux trahi : cocu, auquel la femme a été infidèle.
6. En imposent : mentent.

leurs enfants ; des pères soupçonneux mépriseront et néglige-
ront les leurs ; des mères s'en sépareront et les abandonneront
à la merci du[1] sort ; et le crime et la débauche se montreront
sous toutes sortes de formes. Je sais tout cela comme si j'avais
255 vécu parmi vous. Cela est parce que cela doit être ; et ta
société, dont votre chef vous vante le bel ordre, ne sera qu'un
ramas d'hypocrites, qui foulent secrètement aux pieds les lois ;
ou d'infortunés, qui sont eux-mêmes les instruments de leur
supplice, en s'y soumettant ; ou d'imbéciles, en qui le préjugé
260 a tout à fait étouffé la voix de la nature ; ou d'êtres mal orga-
nisés, en qui la nature ne réclame pas ses droits.

L'AUMÔNIER. – Cela ressemble. Mais vous ne vous mariez
donc point ?

OROU. – Nous nous marions.

265 L'AUMÔNIER. – Qu'est-ce que votre mariage ?

OROU. – Le consentement d'habiter une même cabane et
de coucher dans le même lit, tant que nous nous y trouverons
bien.

L'AUMÔNIER. – Et lorsque vous vous y trouvez mal ?

270 OROU. – Nous nous séparons.

L'AUMÔNIER. – Que deviennent vos enfants ?

OROU. – Ô étranger ! ta dernière question achève de me
déceler[2] la profonde misère[3] de ton pays. Sache, mon ami,
qu'ici la naissance d'un enfant est toujours un bonheur, et sa
275 mort un sujet de regrets et de larmes. Un enfant est un bien
précieux, parce qu'il doit devenir un homme ; aussi, en avons-
nous un tout autre soin que de nos plantes et de nos animaux.

---

1. À la merci de : au pouvoir de, sous la menace de.
2. Déceler : révéler.
3. Misère : faiblesse morale.

Un enfant qui naît occasionne la joie domestique[1] et publique : c'est un accroissement de fortune pour la cabane et de force pour la nation ; ce sont des bras et des mains de plus dans Taïti ; nous voyons en lui un agriculteur, un pêcheur, un chasseur, un soldat, un époux, un père. En repassant de la cabane de son mari dans celle de ses parents, une femme emmène avec elle les enfants qu'elle avait apportés en dot[2] : on partage ceux qui sont nés pendant la cohabitation commune ; et l'on compense, autant qu'il est possible, les mâles par les femelles, en sorte qu'il reste à chacun à peu près un nombre égal de filles et de garçons.

L'Aumônier. – Mais les enfants sont longtemps à charge avant que de rendre service.

Orou. – Nous destinons à leur entretien[3] et à la subsistance des vieillards une sixième partie de tous les fruits du pays ; ce tribut[4] les suit partout. Ainsi tu vois que plus la famille du Taïtien est nombreuse, plus il est riche.

L'Aumônier. – Une sixième partie !

Orou. – Oui ; c'est un moyen sûr d'encourager la population et d'intéresser[5] au respect de la vieillesse et à la conservation des enfants.

L'Aumônier. – Vos époux se reprennent-ils quelquefois ?

Orou. – Très souvent ; cependant la durée la plus courte d'un mariage est d'une lune[6] à l'autre.

---

1. Domestique : dans le cadre de la maison.

2. Dot : richesse qu'une femme apporte à son mari au moment du mariage.

3. Entretien : fait de les entretenir, c'est-à-dire de leur apporter ce qui est nécessaire à leur subsistance.

4. Tribut : contribution, taxe.

5. Intéresser : faire contribuer.

6. Lune : durée de 28 jours environ.

L'AUMÔNIER. – À moins que la femme ne soit grosse[1] ; alors la cohabitation est au moins de neuf mois ?

OROU. – Tu te trompes ; la paternité, comme le tribut[2], suit son enfant partout.

L'AUMÔNIER. – Tu m'as parlé d'enfants qu'une femme apporte en dot à son mari.

OROU. – Assurément. Voilà ma fille aînée qui a trois enfants ; ils marchent, ils sont sains, ils sont beaux, ils promettent d'être forts : lorsqu'il lui prendra fantaisie de se marier, elle les emmènera ; ils sont siens : son mari les recevra avec joie, et sa femme ne lui en serait que plus agréable, si elle était enceinte d'un quatrième.

L'AUMÔNIER. – De lui ?

OROU. – De lui, ou d'un autre. Plus nos filles ont d'enfants, plus elles sont recherchées ; plus nos garçons sont vigoureux et forts, plus ils sont riches : aussi, autant nous sommes attentifs à préserver les unes des approches de l'homme, les autres du commerce[3] de la femme, avant l'âge de fécondité, autant nous les exhortons à produire, lorsque les garçons sont pubères et les filles nubiles[4]. Tu ne saurais croire l'importance du service que tu auras rendu à ma fille Thia, si tu lui as fait un enfant. Sa mère ne lui dira plus à chaque lune : « Mais Thia, à quoi penses-tu donc ? Tu ne deviens point grosse ; tu as dix-neuf ans ; tu devrais avoir déjà deux enfants, et tu n'en as point. Quel est celui qui se chargera de toi ? Si tu perds ainsi tes jeunes ans, que feras-tu dans ta vieillesse ? Thia, il faut que

---

1. Grosse : enceinte.
2. Tribut : contribution, impôt.
3. Commerce : contact, relation.
4. Nubiles : en âge d'être mariées.

tu aies quelque défaut qui éloigne de toi les hommes. Corrige-toi, mon enfant : à ton âge, j'avais été trois fois mère. »

330   L'AUMÔNIER. – Quelles précautions prenez-vous pour garder vos filles et vos garçons adolescents ?

OROU. – C'est l'objet principal de l'éducation domestique[1] et le point le plus important des mœurs publiques. Nos garçons, jusqu'à l'âge de vingt-deux ans, deux ou trois ans
335   au-delà de la puberté, restent couverts d'une longue tunique, et les reins ceints[2] d'une petite chaîne. Avant que d'être nubiles[3], nos filles n'oseraient sortir sans un voile blanc. Ôter sa chaîne, relever son voile, sont des fautes qui se commettent rarement, parce que nous leur en apprenons de bonne heure
340   les fâcheuses conséquences. Mais au moment où le mâle a pris toute sa force, où les symptômes virils ont de la continuité et où l'effusion[4] fréquente et la qualité de la liqueur séminale[5] nous rassurent ; au moment où la jeune fille se fane, s'ennuie, est d'une maturité propre à concevoir des désirs, à en inspirer
345   et à les satisfaire avec utilité, le père détache la chaîne à son fils et lui coupe l'ongle du doigt du milieu de la main droite. La mère relève le voile de sa fille. L'un peut solliciter une femme, et en être sollicité ; l'autre, se promener publique-ment le visage découvert et la gorge[6] nue, accepter ou refuser
350   les caresses d'un homme. On indique seulement d'avance, au garçon les filles, à la fille les garçons, qu'ils doivent préférer.

---

1. Domestique : dans le cadre de la maison.
2. Ceints : entourés.
3. Nubiles : en âge d'être mariées.
4. Effusion : fait de couler, épanchement.
5. Liqueur séminale : sperme.
6. Gorge : poitrine.

C'est une grande fête que le jour de l'émancipation[1] d'une fille ou d'un garçon. Si c'est une fille, la veille, les jeunes garçons se rassemblent autour de la cabane, et l'air retentit
355 pendant toute la nuit du chant des voix et du son des instruments. Le jour, elle est conduite par son père et par sa mère dans une enceinte où l'on danse et où l'on fait l'exercice du saut, de la lutte et de la course. On déploie l'homme nu devant elle, sous toutes les faces et dans toutes les attitudes.
360 Si c'est un garçon, ce sont les jeunes filles qui font en sa présence les frais et les honneurs de la fête et exposent à ses regards la femme nue, sans réserve et sans secret. Le reste de la cérémonie s'achève sur un lit de feuilles, comme tu l'as vu à ta descente parmi nous. À la chute du jour, la fille rentre
365 dans la cabane de ses parents, ou passe dans la cabane de celui dont elle a fait choix et y reste tant qu'elle s'y plaît.

L'AUMÔNIER. – Ainsi cette fête est ou n'est point un jour de mariage ?

OROU. – Tu l'as dit...

370 A. Qu'est-ce que je vois là en marge ?

B. C'est une note, où le bon aumônier dit que les préceptes des parents sur le choix des garçons et des filles étaient pleins de bon sens et d'observations très fines et très utiles ; mais qu'il a supprimé ce catéchisme, qui aurait paru à des gens
375 aussi corrompus et aussi superficiels que nous d'une licence[2] impardonnable ; ajoutant toutefois que ce n'était pas sans regret qu'il avait retranché des détails où l'on aurait vu, premièrement, jusqu'où une nation, qui s'occupe sans cesse

---

1. Émancipation : libération de la tutelle des parents, qui marque l'entrée dans la sexualité et l'âge adulte.
2. Licence : liberté excessive.

d'un objet important, peut être conduite dans ses recherches,
380   sans les secours de la physique et de l'anatomie ; secondement,
la différence des idées de la beauté dans une contrée où l'on
rapporte les formes au plaisir d'un moment, et chez un peuple
où elles sont appréciées d'après une utilité plus constante. Là,
pour être belle, on exige un teint éclatant, un grand front, de
385   grands yeux, les traits fins et délicats, une taille légère, une
petite bouche, de petites mains, un petit pied… Ici, presque
aucun de ces éléments n'entre en calcul. La femme sur laquelle
les regards s'attachent et que le désir poursuit est celle qui
promet beaucoup d'enfants (la femme du cardinal d'Ossat[1]),
390   et qui les promet actifs, intelligents, courageux, sains et
robustes. Il n'y a presque rien de commun entre la Vénus
d'Athènes[2] et celle de Taïti ; l'une est Vénus galante, l'autre
est Vénus féconde. Une Taïtienne disait un jour avec mépris
à une autre femme du pays : « Tu es belle, mais tu fais de laids
395   enfants ; je suis laide, mais je fais de beaux enfants, et c'est moi
que les hommes préfèrent. »

Après cette note de l'aumônier, Orou continue[3].

A. Avant qu'il reprenne son discours, j'ai une prière à vous
faire, c'est de me rappeler une aventure arrivée dans la
400   Nouvelle Angleterre[4].

B. La voici. Une fille, Miss Polly Baker, devenue grosse[5]
pour la cinquième fois, fut traduite devant le tribunal de

---

1. **Cardinal d'Ossat** : Arnaud d'Ossat, cardinal et diplomate du XVIe siècle (1537-1604) qui s'est beaucoup intéressé aux questions de fécondité féminine.
2. **Vénus d'Athènes** : symbole de la beauté occidentale.
3. L'histoire qui suit est ajoutée par Diderot dans les éditions de 1774 et 1780.
4. **Nouvelle Angleterre** : région du Nord-Est des États-Unis, composée de six États (les six colonies anglaises fondées au XVIIe siècle), dont le Connecticut.
5. **Grosse** : enceinte.

justice de Connecticut[1], près de Boston. La loi condamne toutes les personnes du sexe[2] qui ne doivent le titre de mère
qu'au libertinage[3] à une amende ou à une punition corporelle, lorsqu'elles ne peuvent payer l'amende. Miss Polly, en entrant dans la salle où les juges étaient assemblés, leur tint ce discours : « Permettez-moi, Messieurs, de vous adresser quelques mots. Je suis une fille malheureuse et pauvre, je
n'ai pas le moyen de payer des avocats pour prendre ma défense, et je ne vous retiendrai pas longtemps. Je ne me flatte pas que dans la sentence que vous allez prononcer vous vous écartiez de la loi ; ce que j'ose espérer, c'est que vous daignerez implorer pour moi les bontés du gouvernement et obtenir qu'il me dispense de l'amende. Voici la cinquième fois, Messieurs, que je parais devant vous pour le même sujet ; deux fois j'ai payé des amendes onéreuses[4], deux fois j'ai subi une punition publique et honteuse parce que je n'ai pas été en état de payer. Cela peut être conforme
à la loi, je ne le conteste point ; mais il y a quelquefois des lois injustes, et on les abroge, il y en a aussi de trop sévères, et la puissance législatrice peut dispenser de leur exécution. J'ose dire que celle qui me condamne est à la fois injuste en elle-même et trop sévère envers moi. Je n'ai jamais offensé
personne dans le lieu où je vis, et je défie mes ennemis, si j'en ai quelques-uns, de pouvoir prouver que j'aie fait le moindre tort à un homme, à une femme, à un enfant.

---

1. Diderot confond l'État avec une ville (comprendre «du» et non «de» Connecticut).

2. Personnes du sexe : femmes.

3. Libertinage : liberté de mœurs excessive.

4. Onéreuses : très chères.

Permettez-moi d'oublier un moment que la loi existe, alors
je ne conçois pas quel peut être mon crime ; j'ai mis cinq
430 beaux enfants au monde, au péril de ma vie, je les ai nourris
de mon lait, je les ai soutenus par mon travail, et j'aurais
fait davantage pour eux, si je n'avais pas payé des amendes
qui m'en ont ôté les moyens. Est-ce un crime d'augmenter
les sujets de Sa Majesté[1] dans une nouvelle contrée qui
435 manque d'habitants ? Je n'ai enlevé aucun mari à sa femme,
ni débauché aucun jeune homme ; jamais on ne m'a accusée
de ces procédés coupables, et si quelqu'un se plaint de moi,
ce ne peut être que le ministre à qui je n'ai point payé de
droits de mariage. Mais est-ce ma faute ? J'en appelle à
440 vous, Messieurs ; vous me supposez sûrement assez de bon
sens pour être persuadés que je préférerais l'honorable état
de femme[2] à la condition honteuse dans laquelle j'ai vécu
jusqu'à présent. J'ai toujours désiré et je désire encore de
me marier, et je ne crains point de dire que j'aurais la bonne
445 conduite, l'industrie et l'économie[3] convenables à une
femme, comme j'en ai la fécondité. Je défie qui que ce soit
de dire que j'aie refusé de m'engager dans cet état[4]. Je
consentis à la première et seule proposition qui m'en ait été
faite, j'étais vierge encore ; j'eus la simplicité[5] de confier
450 mon honneur à un homme qui n'en avait point, il me fit
mon premier enfant et m'abandonna. Cet homme, vous le
connaissez tous, il est actuellement magistrat comme vous

---

1. La Nouvelle Angleterre est rattachée à la couronne d'Angleterre jusqu'à
l'indépendance des États-Unis, proclamée en 1776 et effective en 1783.

2. Femme : épouse.

3. Économie : ressources financières.

4. État : situation de femme mariée.

5. Simplicité : naïveté.

et s'assied à vos côtés ; j'avais espéré qu'il paraîtrait aujourd'hui au tribunal et qu'il aurait intéressé[1] votre pitié

455 en ma faveur, en faveur d'une malheureuse qui ne l'est que par lui ; alors j'aurais été incapable de l'exposer à rougir en rappelant ce qui s'est passé entre nous. Ai-je tort de me plaindre aujourd'hui de l'injustice des lois ? La première cause de mes égarements[2], mon séducteur, est élevé au

460 pouvoir et aux honneurs par ce même gouvernement qui punit mes malheurs par le fouet et par l'infamie[3]. On me répondra que j'ai transgressé les préceptes de la religion ; si mon offense est contre Dieu, laissez-lui le soin de m'en punir ; vous m'avez déjà exclue de la communion de

465 l'Église, cela ne suffit-il pas ? Pourquoi au supplice de l'enfer que vous croyez m'attendre dans l'autre monde ajoutez-vous dans celui-ci les amendes et le fouet ? Pardonnez, Messieurs, ces réflexions ; je ne suis point un théologien, mais j'ai peine à croire que ce me soit un grand

470 crime d'avoir donné le jour à de beaux enfants que Dieu a doués d'âmes immortelles et qui l'adorent. Si vous faites des lois qui changent la nature des actions et en font des crimes, faites-en contre les célibataires dont le nombre augmente tous les jours, qui portent la séduction et l'op-

475 probre[4] dans les familles, qui trompent les jeunes filles comme je l'ai été, et qui les forcent à vivre dans l'état honteux dans lequel je vis au milieu d'une société qui les repousse et les méprise. Ce sont eux qui troublent la

---

1. Il aurait intéressé : il aurait fait basculer.
2. Égarements : comportements déviants, mauvaises mœurs.
3. Infamie : déshonneur.
4. Opprobre : honte.

tranquillité publique ; voilà des crimes qui méritent plus
480 que le mien l'animadversion[1] des lois. »

Ce discours singulier[2] produisit l'effet qu'en attendait
Miss Baker ; ses juges lui remirent[3] l'amende et la peine qui
en tient lieu. Son séducteur, instruit de ce qui s'était passé,
sentit le remords de sa première conduite, il voulut la
485 réparer ; deux jours après il épousa Miss Baker, et fit une
honnête femme de celle dont cinq ans auparavant il avait fait
une fille publique[4].

A. Et ce n'est pas là un conte de votre invention ?

B. Non[5].

490 A. J'en suis bien aise.

B. Je ne sais si l'abbé Raynal ne rapporte pas le fait et le
discours dans son *Histoire du commerce des deux Indes*[6].

A. Ouvrage excellent et d'un ton si différent des précédents, qu'on a soupçonné l'abbé d'y avoir employé des mains
495 étrangères.

B. C'est une injustice.

A. Ou une méchanceté. On dépèce le laurier[7] qui ceint[8] la
tête d'un grand homme et on le dépèce si bien que ne lui en
reste plus qu'une feuille.

---

1. Animadversion : blâme, réprobation.

2. Singulier : étonnant.

3. Lui remirent : lui firent grâce de.

4. Fille publique : prostituée.

5. Il s'agit bien pourtant d'une histoire fictive, dont Benjamin Franklin (1706-1790) est l'auteur. Elle est d'abord publiée dans le *London Magazine* en 1747.

6. *Histoire philosophique et politique des établissements et du commerce des Européens dans les deux Indes* (1770), ouvrage attribué à l'abbé de Raynal (1713-1796), auquel Diderot aurait collaboré.

7. Le laurier est un symbole de gloire.

8. Ceint : entoure.

500   *B*. Mais le temps rassemble les feuilles éparses et refait la couronne.

A. Mais l'homme est mort, il a souffert de l'injure qu'il a reçue de ses contemporains, et il est insensible à la réparation qu'il obtient de la postérité.

IV

Suite de l'entretien

OROU. – L'heureux moment pour une jeune fille et pour ses parents, que celui où sa grossesse est constatée ! Elle se lève ; elle accourt ; elle jette ses bras autour du cou de sa mère et de son père ; c'est avec des transports[1] d'une joie mutuelle

5 qu'elle leur annonce et qu'ils apprennent cet événement. « Maman ! mon papa ! embrassez-moi ; je suis grosse[2] ! – Est-il bien vrai ? – Très vrai. – Et de qui l'êtes-vous ? – Je le suis d'un tel[3]... »

L'AUMÔNIER. – Comment peut-elle nommer le père de son

10 enfant ?

OROU. – Pourquoi veux-tu qu'elle l'ignore ? Il en est de la durée de nos amours comme de celle de nos mariages ; elle est au moins d'une lune à la lune suivante[4].

L'AUMÔNIER. – Et cette règle est bien scrupuleusement

15 observée ?

OROU. – Tu vas en juger. D'abord l'intervalle de deux lunes n'est pas long ; mais lorsque deux pères ont une prétention bien fondée à la formation d'un enfant, il n'appartient plus à sa mère.

---

1. Transports : enthousiasmes.
2. Grosse : enceinte.
3. Un tel : renvoie à un nom propre que l'on ne veut pas ou ne peut pas nommer.
4. La durée d'une lune est d'environ 28 jours.

20 L'AUMÔNIER. – À qui appartient-il donc ?

OROU. – À celui des deux à qui il lui plaît de le donner ; voilà tout son privilège : et un enfant étant par lui-même un objet d'intérêt et de richesse, tu conçois que, parmi nous, les libertines[1] sont rares, et que les jeunes garçons s'en 25 éloignent.

L'AUMÔNIER. – Vous avez donc aussi vos libertines ? J'en suis bien aise.

OROU. – Nous en avons même de plus d'une sorte : mais tu m'écartes de mon sujet. Lorsqu'une de nos filles est 30 grosse, si le père de l'enfant est un jeune homme beau, bien fait, brave, intelligent et laborieux, l'espérance que l'enfant héritera des vertus de son père renouvelle l'allégresse. Notre enfant n'a honte que d'un mauvais choix. Tu dois concevoir quel prix nous attachons à la santé, à la beauté, à la force, à 35 l'industrie[2], au courage ; tu dois concevoir comment, sans que nous nous en mêlions, les prérogatives[3] du sang doivent s'éterniser parmi nous. Toi qui as parcouru différentes contrées, dis-moi si tu as remarqué dans aucune[4] autant de beaux hommes et autant de belles femmes que dans Taïti ! 40 Regarde-moi : comment me trouves-tu ? Eh bien ! il y a dix mille hommes ici plus grands, aussi robustes ; mais pas un plus brave que moi ; aussi les mères me désignent-elles souvent à leurs filles.

L'AUMÔNIER. – Mais de tous ces enfants que tu peux avoir 45 faits hors de ta cabane, que t'en revient-il ?

---

1. Libertines : femmes de mauvaises mœurs.
2. Industrie : habileté, ingéniosité.
3. Prérogatives : avantages, privilèges.
4. Aucune : une des contrées que tu as visitées.

OROU. – Le quatrième, mâle ou femelle. Il s'est établi parmi nous une circulation d'hommes, de femmes et d'enfants, ou de bras de tout âge et de toute fonction qui est bien d'une autre importance que celle de vos denrées qui n'en sont que le produit.

L'AUMÔNIER. – Je le conçois. Qu'est-ce que c'est que ces voiles noirs que j'ai rencontrés quelquefois ?

OROU. – Le signe de la stérilité, vice de naissance, ou suite de l'âge avancé. Celle qui quitte ce voile et se mêle avec les hommes est une libertine[1], celui qui relève ce voile et s'approche de la femme stérile est un libertin.

L'AUMÔNIER. – Et ces voiles gris ?

OROU. – Le signe de la maladie périodique[2]. Celle qui quitte ce voile et se mêle avec les hommes est une libertine ; celui qui le relève et s'approche de la femme malade est un libertin.

L'AUMÔNIER. – Avez-vous des châtiments pour ce libertinage ?

OROU. – Point d'autres que le blâme.

L'AUMÔNIER. – Un père peut-il coucher avec sa fille, une mère avec son fils, un frère avec sa sœur, un mari avec la femme d'un autre ?

OROU. – Pourquoi non ?

L'AUMÔNIER. – Passe pour la fornication[3] ; mais l'inceste, mais l'adultère !

OROU. – Qu'est-ce que tu veux dire avec tes mots, *fornication, inceste, adultère* ?

---

1. **Libertine** : femme de mauvaises mœurs. Une forte réprobation pèse sur l'acte sexuel, lorsqu'il ne vise pas la reproduction.
2. **Maladie périodique** : référence aux menstruations ou « règles » des femmes.
3. **Fornication** : péché de chair, acte sexuel considéré comme coupable.

L'AUMÔNIER. – Des crimes, des crimes énormes, pour l'un desquels on brûle dans mon pays.

OROU. – Qu'on brûle ou qu'on ne brûle pas dans ton pays, peu m'importe. Mais tu n'accuseras pas les mœurs d'Europe par celles de Taïti, ni par conséquent les mœurs de Taïti par celles de ton pays : il nous faut une règle plus sûre ; et quelle sera cette règle ? En connais-tu une autre que le bien général et l'utilité particulière ? À présent, dis-moi ce que ton crime inceste a de contraire à ces deux fins de nos actions ? Tu te trompes, mon ami, si tu crois qu'une loi une fois publiée, un mot ignominieux[1] inventé, un supplice décerné, tout est dit. Réponds-moi donc. Qu'entends-tu par *inceste* ?

L'AUMÔNIER. – Mais un inceste…

OROU. – Un inceste ?… Y a-t-il longtemps que ton grand ouvrier sans tête, sans mains et sans outils[2], a fait le monde ?

L'AUMÔNIER. – Non.

OROU. – Fit-il toute l'espèce humaine à la fois ?

L'AUMÔNIER. – Non. Il créa seulement une femme et un homme.

OROU. – Eurent-ils des enfants ?

L'AUMÔNIER. – Assurément.

OROU. – Suppose que ces deux premiers parents n'aient eu que des filles et que leur mère soit morte la première ; ou qu'ils n'aient eu que des garçons, et que la femme ait perdu son mari.

---

1. Ignominieux : infâme, déshonorant.
2. Grand ouvrier sans tête, sans mains et sans outils : périphrase pour désigner Dieu, créateur du monde.

L'Aumônier. – Tu m'embarrasses ; mais tu as beau dire,
100 l'*inceste* est un crime abominable, et parlons d'autre chose.

Orou. – Cela te plaît à dire ; je me tais, moi, tant que tu
ne m'auras pas dit ce que c'est que le crime abominable
inceste.

L'Aumônier. – Eh bien ! je t'accorde que peut-être l'*inceste*
105 ne blesse en rien la nature ; mais ne suffit-il pas qu'il menace
la constitution politique ? Que deviendraient la sûreté d'un
chef et la tranquillité d'un État, si toute une nation composée
de plusieurs millions d'hommes se trouvait rassemblée autour
d'une cinquantaine de pères de famille ?

110 Orou. – Le pis-aller, c'est qu'où il n'y a qu'une grande
société, il y en aurait cinquante petites, plus de bonheur et un
crime de moins.

L'Aumônier. – Je crois cependant que, même ici, un fils
couche rarement avec sa mère.

115 Orou. – À moins qu'il n'ait beaucoup de respect pour
elle, et une tendresse qui lui fasse oublier la disparité d'âge,
et préférer une femme de quarante ans à une fille de dix-
neuf.

L'Aumônier. – Et le commerce[1] des pères avec leurs filles ?

120 Orou. – Guère plus fréquent, à moins que la fille ne soit
laide et peu recherchée. Si son père l'aime, il s'occupe à lui
préparer sa dot[2] en enfants.

L'Aumônier. – Cela me fait imaginer que le sort des
femmes que la nature a disgraciées ne doit pas être heureux
125 dans Taïti.

---

1. Commerce : relation (ici, sexuelle).
2. Dot : richesse qu'une femme apporte à son mari au moment du mariage.

OROU. – Cela me prouve que tu n'as pas une haute opinion de la générosité de nos jeunes gens.

L'AUMÔNIER. – Pour les unions de frères et de sœurs, je ne doute pas qu'elles ne soient très communes.

130 OROU. – Et très approuvées.

L'AUMÔNIER. – À t'entendre, cette passion, qui produit tant de crimes et de maux dans nos contrées, serait ici tout à fait innocente.

OROU. – Étranger! tu manques de jugement et de
135 mémoire : de jugement, car, partout où il y a défense, il faut qu'on soit tenté de faire la chose défendue et qu'on la fasse : de mémoire, puisque tu ne te souviens plus de ce que je t'ai dit. Nous avons des vieilles dissolues[1], qui sortent la nuit sans leur voile noir, et reçoivent des hommes, lorsqu'il ne peut rien
140 résulter de leur approche ; si elles sont reconnues ou surprises, l'exil au nord de l'île, ou l'esclavage, est leur châtiment ; des filles précoces qui relèvent leur voile blanc à l'insu de leurs parents (et nous avons pour elles un lieu fermé dans la cabane) ; des jeunes gens, qui déposent leur chaîne avant le
145 temps prescrit par la nature et par la loi (et nous en réprimandons leurs parents) ; des femmes à qui le temps de la grossesse paraît long ; des femmes et des filles peu scrupuleuses à garder leur voile gris ; mais, dans le fait, nous n'attachons pas une grande importance à toutes ces fautes ; et tu ne saurais croire
150 combien l'idée de richesse particulière ou publique, unie dans nos têtes à l'idée de population[2], épure nos mœurs sur ce point.

---

1. Dissolues : de mauvaises mœurs.
2. Population : reproduction (de l'espèce).

L'AUMÔNIER. – La passion de deux hommes pour une même femme, ou le goût de deux femmes ou de deux filles pour un même homme, n'occasionnent-ils point de désordres ?

OROU. – Je n'en ai pas encore vu quatre exemples : le choix de la femme ou celui de l'homme finit tout. La violence d'un homme serait une faute grave ; mais il faut une plainte publique, et il est presque inouï[1] qu'une fille ou qu'une femme se soit plainte. La seule chose que j'aie remarquée, c'est que nos femmes ont moins de pitié des hommes laids, que nos jeunes gens des femmes disgraciées ; et nous n'en sommes pas fâchés.

L'AUMÔNIER. – Vous ne connaissez guère la jalousie à ce que je vois ; mais la tendresse maritale, l'amour paternel, ces deux sentiments si puissants et si doux, s'ils ne sont pas étrangers ici, y doivent être assez faibles.

OROU. – Nous y avons suppléé par un autre, qui est tout autrement[2] général, énergique et durable, l'intérêt. Mets la main sur la conscience ; laisse là cette fanfaronnade[3] de vertu, qui est sans cesse sur les lèvres de tes camarades, et qui ne réside pas au fond de leur cœur. Dis-moi si, dans quelque contrée que ce soit, il y a un père qui, sans la honte qui le retient, n'aimât mieux perdre son enfant, un mari qui n'aimât mieux perdre sa femme, que sa fortune et l'aisance de toute sa vie. Sois sûr que partout où l'homme sera attaché à la conservation de son semblable comme à son lit, à sa santé, à son repos, à sa cabane, à ses fruits, à ses champs, il fera pour lui tout ce qu'il est possible de faire. C'est ici que les pleurs

---

1. Il est presque inouï : ce n'est presque jamais arrivé.
2. Tout autrement : bien plus.
3. Fanfaronnade : discours prétentieux et hypocrite.

180 trempent la couche d'un enfant qui souffre; c'est ici que les
mères sont soignées dans la maladie; c'est ici qu'on prise[1] une
femme féconde, une fille nubile[2], un garçon adolescent; c'est
ici qu'on s'occupe de leur institution, parce que leur conservation est toujours un accroissement et leur perte toujours
185 une diminution de fortune.

L'AUMÔNIER. – Je crains bien que ce sauvage n'ait raison.
Le paysan misérable de nos contrées, qui excède[3] sa femme
pour soulager son cheval, laisse périr son enfant sans secours,
et appelle le médecin pour son bœuf.

190 OROU. – Je n'entends[4] pas trop ce que tu viens de dire;
mais, à ton retour dans ta patrie si bien policée[5], tâche d'y
introduire ce ressort; et c'est alors qu'on y sentira le prix de
l'enfant qui naît, et l'importance de la population. Veux-tu
que je te révèle un secret? mais prends garde qu'il ne
195 t'échappe. Vous arrivez: nous vous abandonnons nos femmes
et nos filles; vous vous en étonnez; vous nous en témoignez
une gratitude qui nous fait rire; vous nous remerciez, lorsque
nous asseyons sur toi et sur tes compagnons la plus forte de
toutes les impositions[6]. Nous ne t'avons point demandé
200 d'argent; nous ne nous sommes point jetés sur tes marchan-
dises; nous avons méprisé tes denrées: mais nos femmes et nos
filles sont venues exprimer[7] le sang de tes veines. Quand tu

---

1. Prise: accorde du prix à.

2. Nubile: en âge d'être mariée.

3. Excède: tourmente, importune.

4. Entends: comprends.

5. Policée: civilisée (ici, ironique).

6. Impositions: impôts (ici, image renvoyant aux enfants à naître des unions entre les Européens et les femmes de Tahiti).

7. Exprimer: faire sortir, ponctionner.

t'éloigneras, tu nous auras laissé des enfants : ce tribut[1] levé
sur ta personne, sur ta propre substance, à ton avis, n'en
205   vaut-il pas bien un autre ? Et si tu veux en apprécier la valeur,
imagine que tu aies deux cents lieues[2] de côtes à courir, et
qu'à chaque vingt milles[3] on te mette à pareille contribution.
Nous avons des terres immenses en friche ; nous manquons de
bras ; et nous t'en avons demandé. Nous avons des calamités
210   épidémiques à réparer ; et nous t'avons employé à réparer le
vide qu'elles laisseront. Nous avons des ennemis voisins à
combattre, un besoin de soldats ; et nous t'avons prié de nous
en faire : le nombre de nos femmes et de nos filles est trop
grand pour celui des hommes ; et nous t'avons associé à notre
215   tâche. Parmi ces femmes et ces filles, il y en a dont nous
n'avons pu obtenir d'enfants ; et ce sont celles que nous avons
exposées à vos premiers embrassements. Nous avons à payer
une redevance en hommes à un voisin oppresseur ; c'est toi et
tes camarades qui nous défrayerez[4] ; et dans cinq ou six ans,
220   nous lui enverrons vos fils, s'ils valent moins que les nôtres.
Plus robustes, plus sains que vous, nous nous sommes aperçus
que vous nous surpassiez en intelligence et, sur-le-champ,
nous avons destiné quelques-unes de nos femmes et de nos
filles les plus belles à recueillir la semence d'une race meil-
225   leure que la nôtre. C'est un essai que nous avons tenté, et qui
pourra nous réussir. Nous avons tiré de toi et des tiens le seul
parti que nous en pouvions tirer : et crois que, tout sauvages
que nous sommes, nous savons aussi calculer. Va où tu

---

1. Tribut : impôt, taxe.
2. Lieue : unité de longueur, équivalant environ à 4 km.
3. Mille : unité de longueur utilisée par les marins, équivalant à 1 km 852.
4. Défrayerez : rembourserez.

voudras; et tu trouveras toujours l'homme aussi fin[1] que toi.
230 Il ne te donnera jamais que ce qui ne lui est bon à rien, et te
demandera toujours ce qui lui est utile. S'il te présente un
morceau d'or pour un morceau de fer, c'est qu'il ne fait aucun
cas de l'or et qu'il prise[2] le fer. Mais dis-moi donc pourquoi
tu n'es pas vêtu comme les autres? Que signifie cette casaque[3]
235 longue qui t'enveloppe de la tête aux pieds, et ce sac pointu
que tu laisses tomber sur tes épaules, ou que tu ramènes sur
tes oreilles[4]?

L'AUMÔNIER. – C'est que, tel que tu me vois, je me suis
engagé dans une société d'hommes qu'on appelle, dans mon
240 pays, des moines. Le plus sacré de leurs vœux est de n'appro-
cher d'aucune femme, et de ne point faire d'enfants.

OROU. – Que faites-vous donc?

L'AUMÔNIER. – Rien.

OROU. – Et ton magistrat souffre[5] cette espèce de paresse,
245 la pire de toutes?

L'AUMÔNIER. – Il fait plus; il la respecte et la fait respecter.

OROU. – Ma première pensée était que la nature, quelque
accident, ou un art cruel[6] vous avait privés de la faculté de
produire votre semblable; et que, par pitié, on aimait mieux
250 vous laisser vivre que de vous tuer. Mais, moine, ma fille m'a
dit que tu étais un homme, et un homme aussi robuste qu'un

---

1. Fin: subtil.

2. Prise le fer: accorde du prix au fer.

3. Casaque: habit dont on se sert comme d'un manteau (ici, soutane).

4. Allusion au capuchon de moine que porte l'aumônier.

5. Souffre: supporte, tolère.

6. Orou envisage diverses hypothèses pour expliquer que l'aumônier n'ait pas d'enfants: la stérilité naturelle ou accidentelle, ainsi qu'une éventuelle castration.

Taïtien, et qu'elle espérait que tes caresses réitérées ne seraient pas infructueuses. À présent que j'ai compris pourquoi tu t'es écrié hier au soir : *Mais ma religion ! mais mon état*[1] *!* pourrais-tu m'apprendre le motif de la faveur et du respect que les magistrats vous accordent ?

L'AUMÔNIER. – Je l'ignore.

OROU. – Tu sais au moins par quelle raison, étant homme, tu t'es librement condamné à ne pas l'être ?

L'AUMÔNIER. – Cela serait trop long et trop difficile à t'expliquer.

OROU. – Et ce vœu de stérilité, le moine y est-il bien fidèle ?

L'AUMÔNIER. – Non.

OROU. – J'en étais sûr. Avez-vous aussi des moines femelles ?

L'AUMÔNIER. – Oui.

OROU. – Aussi sages que les moines mâles ?

L'AUMÔNIER. – Plus renfermées, elles sèchent de douleur, périssent d'ennui.

OROU. – Et l'injure faite à la nature est vengée. Ô ! le vilain pays ! Si tout y est ordonné comme ce que tu m'en dis, vous êtes plus barbares que nous.

Le bon aumônier raconte qu'il passa le reste de la journée à parcourir l'île, à visiter les cabanes, et que le soir, après avoir soupé, le père et la mère l'ayant supplié de coucher avec la seconde de leurs filles, Palli s'était présentée dans le même déshabillé que Thia, et qu'il s'était écrié plusieurs fois pendant la nuit : *Mais ma religion ! mais mon état !* que la troisième nuit il

---

1. **État** : état d'ecclésiastique, qui impose en principe la chasteté.

280   avait été agité des mêmes remords avec Asto l'aînée, et que la quatrième nuit il l'avait accordée par honnêteté à la femme de son hôte.

V

Suite du dialogue

A. J'estime cet aumônier poli.

B. Et moi, beaucoup davantage les mœurs des Taïtiens, et le discours d'Orou.

A. Quoiqu'un peu modelé à l'européenne.

5 *B*. Je n'en doute pas.

– Ici le bon aumônier se plaint de la brièveté de son séjour dans Taïti[1], et de la difficulté de mieux connaître les usages d'un peuple assez sage pour s'être arrêté de lui-même à la médiocrité[2], ou assez heureux pour habiter un climat dont
10 la fertilité lui assurait un long engourdissement, assez actif pour s'être mis à l'abri des besoins absolus de la vie, et assez indolent[3] pour que son innocence, son repos et sa félicité n'eussent rien à redouter d'un progrès trop rapide de ses lumières[4]. Rien n'y était mal par l'opinion et par la loi, que
15 ce qui était mal de sa nature. Les travaux et les récoltes s'y faisaient en commun. L'acception du mot[5] *propriété* y était

---

1. Il n'y est en effet resté que neuf jours.

2. Médiocrité : juste milieu, qui garantit la sagesse. Le terme n'a pas de connotation péjorative.

3. Indolent : qui ne fait pas d'efforts, tranquille.

4. Diderot suggère que les Lumières, c'est-à-dire les progrès de la connaissance, ne sont pas nécessairement à l'origine d'un progrès dans les conditions de vie des hommes. Voir aussi note 4, p. 21.

5. Acception du mot : signification, sens accordé au mot.

très étroite ; la passion de l'amour, réduite à un simple appétit physique, n'y produisait aucun de nos désordres. L'île entière offrait l'image d'une seule famille nombreuse,

20 dont chaque cabane représentait les divers appartements d'une de nos grandes maisons. Il finit par protester que ces Taïtiens seront toujours présents à sa mémoire, qu'il avait été tenté de jeter ses vêtements dans le vaisseau[1] et de passer le reste de ses jours parmi eux, et qu'il craint bien de se

25 repentir plus d'une fois de ne l'avoir pas fait.

A. Malgré cet éloge, quelles conséquences utiles à tirer des mœurs et des usages bizarres d'un peuple non civilisé ?

B. Je vois qu'aussitôt que quelques causes physiques, telles, par exemple, que la nécessité de vaincre l'ingratitude[2] du sol,

30 ont mis en jeu la sagacité[3] de l'homme, cet élan le conduit bien au-delà du but, et que, le terme[4] du besoin passé, on est porté dans l'océan sans bornes des fantaisies, d'où l'on ne se retire plus. Puisse l'heureux Taïtien s'arrêter où il en est ! Je vois qu'excepté dans ce recoin écarté de notre globe, il n'y a

35 point eu de mœurs, et qu'il n'y en aura peut-être jamais nulle part.

A. Qu'entendez-vous donc par des mœurs ?

B. J'entends une soumission générale et une conduite conséquente[5] à des lois bonnes ou mauvaises. Si les lois sont

40 bonnes, les mœurs sont bonnes ; si les lois sont mauvaises, les mœurs sont mauvaises. Si les lois, bonnes ou mauvaises, ne

---

1. Vaisseau : bateau.

2. Ingratitude : manque de fertilité.

3. Sagacité : intelligence, finesse d'esprit.

4. Terme : limite. Le besoin est une limite à laquelle il faudrait se tenir. La dépasser suppose de se soumettre à la tyrannie des désirs.

5. Conséquente : adaptée, appropriée.

sont point observées[1], la pire condition d'une société, il n'y a point de mœurs. Or, comment voulez-vous que des lois s'observent quand elles se contredisent ? Parcourez l'histoire des siècles et des nations tant anciennes que modernes, et vous trouverez les hommes assujettis à trois codes, le code de la nature, le code civil et le code religieux, et contraints d'enfreindre alternativement ces trois codes qui n'ont jamais été d'accord ; d'où il est arrivé qu'il n'y a eu dans aucune contrée, comme Orou l'a deviné de la nôtre, ni homme, ni citoyen, ni religieux.

A. D'où vous conclurez sans doute qu'en fondant la morale sur les rapports éternels qui subsistent entre les hommes, la loi religieuse devient peut-être superflue ; et que la loi civile ne doit être que l'énonciation de la loi de nature.

B. Et cela, sous peine de multiplier les méchants, au lieu de faire des bons.

A. Ou que, si l'on juge nécessaire de les conserver toutes trois, il faut que les deux dernières ne soient que des calques[2] rigoureux de la première, que nous apportons gravée au fond de nos cœurs, et qui sera toujours la plus forte.

B. Cela n'est pas exact. Nous n'apportons en naissant qu'une similitude d'organisation avec d'autres êtres, les mêmes besoins, de l'attrait vers les mêmes plaisirs, une aversion[3] commune pour les mêmes peines : voilà ce qui constitue l'homme ce qu'il est, et doit fonder la morale qui lui convient.

---

1. Observées : respectées.
2. Calques : reproductions.
3. Aversion : haine.

A. Cela n'est pas aisé.

70   *B.* Cela est si difficile que je croirais volontiers le peuple le plus sauvage de la terre, le Taïtien qui s'en est tenu scrupuleusement à la loi de la nature, plus voisin d'une bonne législation qu'aucun peuple civilisé.

A. Parce qu'il lui est plus facile de se défaire de son trop de
75 rusticité[1], qu'à nous de revenir sur nos pas et de réformer nos abus.

B. Surtout ceux qui tiennent à l'union de l'homme et de la femme.

A. Cela se peut. Mais commençons par le commencement.
80 Interrogeons bonnement la nature, et voyons sans partialité[2] ce qu'elle nous répondra sur ce point.

B. J'y consens.

A. Le mariage est-il dans la nature ?

B. Si vous entendez par le mariage la préférence qu'une
85 femelle accorde à un mâle sur tous les autres mâles, ou celle qu'un mâle donne à une femelle sur toutes les autres femelles ; préférence mutuelle, en conséquence de laquelle il se forme une union plus ou moins durable, qui perpétue l'espèce par la reproduction des individus, le mariage est dans la nature.

90   *A.* Je le pense comme vous ; car cette préférence se remarque non seulement dans l'espèce humaine, mais encore dans les autres espèces d'animaux : témoin ce nombreux cortège de mâles qui poursuivent une même femelle au printemps dans nos campagnes, et dont un seul obtient le titre de
95 mari. Et la galanterie ?

---

1. Rusticité : manque de raffinement.
2. Partialité : a priori, préjugé.

B. Si vous entendez par galanterie cette variété de moyens énergiques ou délicats que la passion inspire soit au mâle, soit à la femelle, pour obtenir cette préférence qui conduit à la plus douce, la plus importante et la plus générale des jouis-
100 sances, la galanterie est dans la nature.

A. Je le pense comme vous. Témoin toute cette diversité de gentillesses pratiquée par le mâle pour plaire à la femelle ; par la femelle pour irriter[1] la passion et fixer le goût du mâle. Et la coquetterie ?

105 *B*. C'est un mensonge qui consiste à simuler une passion qu'on ne sent pas, et à promettre une préférence qu'on n'accordera pas. Le mâle coquet se joue de[2] la femelle ; la femelle coquette se joue du mâle : jeu perfide[3] qui amène quelquefois les catastrophes les plus funestes ; manège
110 ridicule, dont le trompeur et le trompé sont également châtiés par la perte des instants les plus précieux de leur vie.

A. Ainsi la coquetterie, selon vous, n'est pas dans la nature ?

115 *B*. Je ne dis pas cela.

A. Et la constance[4] ?

B. Je ne vous en dirai rien de mieux que ce qu'en a dit Orou à l'aumônier. Pauvre vanité de deux enfants qui s'ignorent eux-mêmes, et que l'ivresse d'un instant aveugle sur l'insta-
120 bilité de tout ce qui les entoure !

A. Et la fidélité, ce rare phénomène ?

---

1. Irriter : attiser.

2. Se joue de : se moque de, ment à.

3. Perfide : trompeur.

4. Constance : stabilité dans les désirs, persévérance.

B. Presque toujours l'entêtement et le supplice de l'honnête homme et de l'honnête femme dans nos contrées ; chimère[1] à Taïti.

125   *A.* Et la jalousie ?

B. Passion d'un animal indigent[2] et avare qui craint de manquer ; sentiment injuste de l'homme ; conséquence de nos fausses mœurs, et d'un droit de propriété étendu sur un objet sentant, pensant, voulant, et libre.

130   *A.* Ainsi la jalousie, selon vous, n'est pas dans la nature ?

B. Je ne dis pas cela. Vices et vertus, tout est également dans la nature.

A. Le jaloux est sombre.

B. Comme le tyran, parce qu'il en a la conscience.

135   *A.* La pudeur ?

B. Mais vous m'engagez là dans un cours de morale galante. L'homme ne veut être ni troublé ni distrait dans ses jouissances. Celles de l'amour sont suivies d'une faiblesse qui l'abandonnerait à la merci de[3] son ennemi. Voilà tout ce qu'il

140 pourrait y avoir de naturel dans la pudeur : le reste est d'institution[4].

    — L'aumônier remarque, dans un troisième morceau que je ne vous ai point lu, que le Taïtien ne rougit pas des mouvements involontaires qui s'excitent en lui à côté de sa femme, au

145 milieu de ses filles ; et que celles-ci en sont spectatrices, quelquefois émues, jamais embarrassées. Aussitôt que la femme

---

1. Chimère : illusion.
2. Indigent : pauvre.
3. À la merci de : au pouvoir de.
4. D'institution : le fruit de l'état de société, créé par les hommes (opposé à « naturel »).

devint la propriété de l'homme, et que la jouissance furtive[1] d'une fille fut regardée comme un vol, on vit naître les termes *pudeur, retenue, bienséance* ; des vertus et des vices imaginaires ; en
150 un mot, on voulut élever entre les deux sexes des barrières qui les empêchassent de s'inviter réciproquement à la violation des lois qu'on leur avait imposées, et qui produisirent souvent un effet contraire, en échauffant l'imagination et en irritant[2] les désirs. Lorsque je vois des arbres plantés autour de nos palais,
155 et un vêtement de cou qui cache et montre une partie de la gorge[3] d'une femme, il me semble reconnaître un retour secret vers la forêt, et un appel à la liberté première de notre ancienne demeure. Le Taïtien nous dirait : Pourquoi te caches-tu ? de quoi es-tu honteux ? fais-tu le mal, quand tu cèdes à l'impul-
160 sion la plus auguste[4] de la nature ? Homme, présente-toi franchement si tu plais. Femme, si cet homme te convient, reçois-le avec la même franchise.

A. Ne vous fâchez pas. Si nous débutons comme des hommes civilisés, il est rare que nous ne finissions pas comme
165 le Taïtien.

B. Oui, ces préliminaires de convention[5] consument[6] la moitié de la vie d'un homme de génie.

A. J'en conviens ; mais qu'importe, si cet élan pernicieux de l'esprit humain, contre lequel vous vous êtes récrié tout à

---

1. Furtive : passagère, rapide.
2. Irritant : attisant, excitant.
3. Gorge : poitrine.
4. Auguste : noble, sacrée. L'« impulsion la plus auguste de la nature » est le désir pour le sexe opposé, dans l'intention de se reproduire.
5. Préliminaires de convention : préalables artificiels (à la relation sexuelle), imposés par des normes contraignantes et absurdes de politesse.
6. Consument : gâchent, font perdre.

170 l'heure, en est d'autant ralenti ? Un philosophe de nos jours, interrogé pourquoi les hommes faisaient la cour aux femmes, et non les femmes la cour aux hommes, répondit qu'il était naturel de demander à celui qui pouvait toujours accorder.

B. Cette raison m'a paru de tout temps plus ingénieuse que
175 solide. La nature, indécente si vous voulez, presse indistincte-ment un sexe vers l'autre : et dans un état de l'homme brute et sauvage qui se conçoit, mais qui n'existe peut-être nulle part...

A. Pas même à Taïti ?

180 *B.* Non... l'intervalle qui séparerait un homme d'une femme serait franchi par le plus amoureux. S'ils s'attendent, s'ils se fuient, s'ils se poursuivent, s'ils s'évitent, s'ils s'attaquent, s'ils se défendent, c'est que la passion, inégale dans ses progrès, ne s'applique pas en eux de la même force. D'où il arrive que la
185 volupté se répand, se consomme et s'éteint d'un côté, lorsqu'elle commence à peine à s'élever de l'autre, et qu'ils en restent tristes tous deux. Voilà l'image fidèle de ce qui se passerait entre deux êtres jeunes, libres et parfaitement innocents. Mais lorsque la femme a connu, par l'expérience ou l'éducation, les
190 suites plus ou moins cruelles d'un moment doux, son cœur frissonne à l'approche de l'homme. Le cœur de l'homme ne frissonne point ; ses sens commandent, et il obéit. Les sens de la femme s'expliquent[1], et elle craint de les écouter. C'est l'affaire de l'homme que de la distraire de sa crainte, de l'enivrer et de
195 la séduire. L'homme conserve toute son impulsion naturelle vers la femme ; l'impulsion naturelle de la femme vers l'homme,

----

1. **S'expliquent** : s'expriment. La femme, par peur, peut refouler ses désirs, alors que l'homme est soumis aux sens, qui le « commandent ».

dirait un géomètre, est en raison composée de la directe de la passion et de l'inverse de la crainte ; raison qui se complique d'une multitude d'éléments divers dans nos sociétés ; éléments
200 qui concourent presque tous à accroître la pusillanimité[1] d'un sexe et la durée de la poursuite de l'autre. C'est une espèce de tactique où les ressources de la défense et les moyens de l'attaque ont marché sur la même ligne. On a consacré[2] la résistance de la femme ; on a attaché l'ignominie à la violence de
205 l'homme, violence qui ne serait qu'une injure légère dans Taïti, et qui devient un crime dans nos cités.

A. Mais comment est-il arrivé qu'un acte dont le but est si solennel, et auquel la nature nous invite par l'attrait le plus puissant ; que le plus grand, le plus doux, le plus innocent des
210 plaisirs soit devenu la source la plus féconde de notre dépravation[3] et de nos maux ?

B. Orou l'a fait entendre dix fois à l'aumônier : écoutez-le donc encore et tâchez de le retenir.

C'est par la tyrannie de l'homme, qui a converti[4] la posses-
215 sion de la femme en une propriété.

Par les mœurs et les usages, qui ont surchargé de conditions l'union conjugale.

Par les lois civiles, qui ont assujetti le mariage à une infinité de formalités.

220 Par la nature de notre société, où la diversité des fortunes et des rangs a institué des convenances et des disconvenances[5].

---

1. Pusillanimité : absence de courage, faiblesse.
2. Consacré : rendu sacrée.
3. Dépravation : immoralité.
4. Converti : transformé.
5. Disconvenances : ce qu'il convient de ne pas faire.

Par une contradiction bizarre et commune à toutes les sociétés subsistantes, où la naissance d'un enfant, toujours regardée comme un accroissement de richesses pour la nation, est plus souvent et plus sûrement encore un accroissement d'indigence[1] dans la famille.

Par les vues politiques des souverains, qui ont tout rapporté à leur intérêt et à leur sécurité.

Par les institutions religieuses, qui ont attaché les noms de vices et de vertus à des actions qui n'étaient susceptibles d'aucune moralité.

Combien nous sommes loin de la nature et du bonheur! L'empire de la nature ne peut être détruit: on aura beau le contrarier par des obstacles, il durera. Écrivez tant qu'il vous plaira sur des tables d'airain[2], pour me servir des expressions du sage Marc Aurèle[3], que le frottement voluptueux de deux intestins est un crime, le cœur de l'homme sera froissé entre la menace de votre inscription et la violence de ses penchants. Mais ce cœur indocile[4] ne cessera de réclamer; et cent fois, dans le cours de la vie, vos caractères[5] effrayants disparaîtront à nos yeux. Gravez sur le marbre: Tu ne mangeras ni de l'ixion, ni du griffon[6]; tu ne connaîtras que ta femme, tu ne seras point le mari de ta sœur: mais vous n'oublierez pas

---

1. Indigence: pauvreté.

2. Tables d'airain: allusion aux Tables de la Loi de Moïse et aux Dix Commandements qui y sont gravés.

3. Marc Aurèle: empereur et philosophe romain (121-180), auteur des *Pensées*, rédigées entre 170 et 180.

4. Indocile: désobéissant.

5. Caractères: texte inscrit sur les tables.

6. L'ixion est le nom d'un oiseau proche du vautour. Le **griffon** est une créature légendaire dotée du corps du lion et de la tête et des ailes de l'aigle. Ces deux animaux sont réputés impurs dans la Bible (Deutéronome, XIV; Lévitique, XVIII).

d'accroître les châtiments à proportion de la bizarrerie de vos
245   défenses[1] ; vous deviendrez féroces, et vous ne réussirez point
à me dénaturer[2].

A. Que le code des nations serait court, si on le conformait
rigoureusement à celui de la nature ! combien d'erreurs et de
vices épargnés à l'homme !

250   B. Voulez-vous savoir l'histoire abrégée de presque toute
notre misère[3] ? La voici. Il existait un homme naturel : on a
introduit au-dedans de cet homme un homme artificiel ; et il
s'est élevé dans la caverne une guerre civile qui dure toute la vie.
Tantôt l'homme naturel est le plus fort ; tantôt il est terrassé par
255   l'homme moral et artificiel ; et, dans l'un et l'autre cas, le triste
monstre est tiraillé, tenaillé, tourmenté, étendu sur la roue[4] ;
sans cesse gémissant, sans cesse malheureux, soit qu'un faux
enthousiasme de gloire le transporte et l'enivre, ou qu'une fausse
ignominie[5] le courbe et l'abatte. Cependant il est des circons-
260   tances extrêmes qui ramènent l'homme à sa première simplicité.

A. La misère et la maladie, deux grands exorcistes.

B. Vous les avez nommés. En effet, que deviennent alors
toutes ces vertus conventionnelles[6] ? Dans la misère, l'homme
est sans remords ; et dans la maladie, la femme est sans pudeur.

265   A. Je l'ai remarqué.

B. Mais un autre phénomène qui ne vous aura pas échappé
davantage, c'est que le retour[7] de l'homme artificiel et moral

---

1. **Défenses** : interdictions.
2. **Dénaturer** : contraindre à renoncer aux exigences de la nature.
3. **Misère** : malheur, faiblesse morale.
4. **Roue** : instrument de torture.
5. **Ignominie** : honte.
6. **Conventionnelles** : artificielles.
7. **Retour** : repentir.

suit pas à pas les progrès de l'état de maladie à l'état de convalescence et de l'état de convalescence à l'état de santé. Le
270 moment où l'infirmité cesse est celui où la guerre intestine[1] recommence, et presque toujours avec désavantage pour l'intrus.

A. Il est vrai. J'ai moi-même éprouvé que l'homme naturel avait dans la convalescence une vigueur funeste pour l'homme
275 artificiel et moral. Mais enfin, dites-moi, faut-il civiliser l'homme ou l'abandonner à son instinct ?

B. Faut-il vous répondre net[2] ?

A. Sans doute[3].

B. Si vous vous proposez d'en être le tyran, civilisez-le ;
280 empoisonnez-le de votre mieux d'une morale contraire à la nature ; faites-lui des entraves de toute espèce ; embarrassez ses mouvements de mille obstacles ; attachez-lui des fantômes qui l'effraient ; éternisez la guerre dans la caverne, et que l'homme naturel y soit toujours enchaîné sous les
285 pieds de l'homme moral. Le voulez-vous heureux et libre ? ne vous mêlez pas de ses affaires : assez d'incidents imprévus le conduiront à la lumière[4] et à la dépravation[5] ; et demeurez à jamais convaincu que ce n'est pas pour vous, mais pour eux, que ces sages législateurs vous ont pétri et maniéré
290 comme vous l'êtes. J'en appelle à toutes les institutions politiques, civiles et religieuses : examinez-les profondément ; et je me trompe fort, ou vous y verrez l'espèce

---

1. **Guerre intestine :** guerre intérieure, entre l'homme naturel et l'homme moral.
2. **Net :** franchement.
3. **Sans doute :** sans aucun doute.
4. **Lumière :** connaissance.
5. **Dépravation :** immoralité.

humaine pliée de siècle en siècle au joug[1] qu'une poignée de fripons se promettait de lui imposer. Méfiez-vous de celui qui veut mettre de l'ordre. Ordonner, c'est toujours se rendre le maître des autres en les gênant : et les Calabrais[2] sont presque les seuls à qui la flatterie des législateurs n'en ait point encore imposé.

A. Et cette anarchie[3] de la Calabre vous plaît ?

B. J'en appelle à l'expérience ; et je gage[4] que leur barbarie est moins vicieuse que notre urbanité[5]. Combien de petites scélératesses[6] compensent ici l'atrocité de quelques grands crimes dont on fait tant de bruit ! Je considère les hommes non civilisés comme une multitude de ressorts épars et isolés. Sans doute, s'il arrivait à quelques-uns de ces ressorts de se choquer[7], l'un ou l'autre, ou tous les deux, se briseraient. Pour obvier à[8] cet inconvénient, un individu d'une sagesse profonde et d'un génie sublime rassembla ces ressorts et en composa une machine, et dans cette machine appelée société, tous les ressorts furent rendus agissants, réagissant les uns contre les autres, sans cesse fatigués ; et il s'en rompit plus dans un jour, sous l'état de législation, qu'il ne s'en rompait en un an sous l'anarchie de nature. Mais quel fracas ! quel ravage ! quelle énorme

---

1. Au joug : sous la tutelle, sous la domination.
2. Calabrais : habitants de la Calabre, une région d'Italie réputée pour le grand nombre de ses brigands.
3. Anarchie : désordre politique et social.
4. Gage : promets, garantis.
5. Urbanité : politesse, raffinement des mœurs (censé être lié au fait d'habiter en ville).
6. Scélératesses : mauvaises actions.
7. Se choquer : se cogner.
8. Obvier à : remédier à.

315 destruction des petits ressorts, lorsque deux, trois, quatre de ces énormes machines vinrent à se heurter avec violence[1] !

A. Ainsi vous préféreriez l'état de nature brute et sauvage ?

B. Ma foi, je n'oserais prononcer[2] ; mais je sais qu'on a vu plusieurs fois l'homme des villes se dépouiller et rentrer dans
320 la forêt, et qu'on n'a jamais vu l'homme de la forêt se vêtir et s'établir dans la ville.

A. Il m'est venu souvent dans la pensée que la somme des biens et des maux était variable pour chaque individu ; mais que le bonheur ou le malheur d'une espèce animale quel-
325 conque avait sa limite qu'elle ne pouvait franchir, et que peut-être nos efforts nous rendaient en dernier résultat autant d'inconvénient que d'avantage ; en sorte que nous nous étions bien tourmentés pour accroître les deux membres d'une équation, entre lesquels il subsistait une éternelle et nécessaire
330 égalité. Cependant je ne doute pas que la vie moyenne de l'homme civilisé ne soit plus longue que la vie moyenne de l'homme sauvage.

B. Et si la durée d'une machine n'est pas une juste mesure de son plus ou moins de fatigue, qu'en concluez-vous ?

335 *A.* Je vois qu'à tout prendre, vous inclineriez à croire les hommes d'autant plus méchants et plus malheureux qu'ils sont plus civilisés ?

B. Je ne parcourrai point toutes les contrées de l'univers ; mais je vous avertis seulement que vous ne trouverez la condi-
340 tion de l'homme heureuse que dans Taïti, et supportable que dans un recoin de l'Europe. Là, des maîtres ombrageux et

---

1. Ce « heurt » est une image de la guerre.
2. Prononcer : choisir, me déterminer.

jaloux de leur sécurité se sont occupés à le tenir dans ce que vous appelez l'abrutissement.

A. À Venise[1] peut-être ?

345 B. Pourquoi non ? Vous ne nierez pas, du moins, qu'il n'y a nulle part moins de lumières[2] acquises, moins de moralité artificielle, et moins de vices et de vertus chimériques[3].

A. Je ne m'attendais pas à l'éloge de ce gouvernement[4].

B. Aussi ne le fais-je pas. Je vous indique une espèce de
350 dédommagement de la servitude, que tous les voyageurs ont senti et préconisé[5].

A. Pauvre dédommagement !

B. Peut-être. Les Grecs proscrivirent[6] celui qui avait ajouté une corde à la lyre de Mercure[7].

355 A. Et cette défense est une satire sanglante de leurs premiers législateurs. C'est la première corde qu'il fallait couper.

B. Vous m'avez compris. Partout où il y a une lyre, il y a des cordes. Tant que les appétits naturels seront sophistiqués,
360 comptez sur des femmes méchantes.

A. Comme la Reymer.

B. Sur des hommes atroces.

---

1. Venise : cité lacustre d'Italie. Voir aussi note 4.

2. Lumières : connaissances.

3. Chimériques : illusoires.

4. L'abandon aux plaisirs, en particulier pendant le carnaval, est censé « dédommager » les Vénitiens du peu de liberté dont ils disposent. Venise est certes une république, gouvernée par un doge, mais son organisation politique ne laisse aucune place au peuple.

5. Préconisé : loué.

6. Proscrivirent : bannirent, exclurent de leur cité.

7. Dans la mythologie, Mercure est considéré comme l'inventeur de la lyre à sept cordes. Le philosophe et mathématicien Pythagore (580-495 av. J.-C.) aurait ajouté une huitième corde à l'instrument.

A. Comme Gardeil.

B. Et sur des infortunés à propos de rien.

365 *A.* Comme Tanié, mademoiselle de La Chaux, le chevalier Desroches et madame de La Carlière[1]. Il est certain qu'on chercherait inutilement dans Taïti des exemples de la dépravation des deux premiers, et du malheur des trois derniers. Que ferons-nous donc ? reviendrons-nous à la nature ? nous

370 soumettrons-nous aux lois ?

B. Nous parlerons contre les lois insensées jusqu'à ce qu'on les réforme ; et en attendant, nous nous y soumettrons. Celui qui, de son autorité privée, enfreint une mauvaise loi, autorise tout autre à enfreindre les bonnes. Il y a moins d'inconvénient

375 à être fou avec des fous, qu'à être sage tout seul. Disons-nous à nous-mêmes, crions incessamment[2] qu'on a attaché la honte, le châtiment et l'ignominie[3] à des actions innocentes en elles-mêmes ; mais ne les commettons pas, parce que la honte, le châtiment et l'ignominie sont les plus grands de

380 tous les maux. Imitons le bon aumônier, moine en France, sauvage dans Taïti.

A. Prendre le froc[4] du pays où l'on va, et garder celui du pays où l'on est.

B. Et surtout être honnête et sincère jusqu'au scrupule avec

385 des êtres fragiles qui ne peuvent faire notre bonheur sans renoncer aux avantages les plus précieux de nos sociétés. Et ce brouillard épais, qu'est-il devenu ?

---

1. Personnages des deux contes de Diderot qui précèdent le *Supplément* : *Ceci n'est pas un conte* (La Reymer, Tanié, Gardeil, Mlle de La Chaux) et *Mme de La Carlière* (Desroches, Mme de La Carlière), rédigés en 1772.

2. Incessamment : sans cesse.

3. Ignominie : honte.

4. Froc : habit (et, en particulier, habit de moine).

A. Il est tombé.

B. Et nous serons encore libres, cet après-dînée, de sortir ou
390 de rester ?

A. Cela dépendra, je crois, un peu plus des femmes que de
nous.

B. Toujours les femmes ! on ne saurait faire un pas sans les
rencontrer à travers son chemin.

395 *A*. Si nous leur lisions l'entretien de l'aumônier et d'Orou ?

B. À votre avis, qu'en diraient-elles ?

A. Je n'en sais rien.

B. Et qu'en penseraient-elles ?

A. Peut-être le contraire de ce qu'elles en diraient.

ANTHOLOGIE
SUR LE THÈME
DE LA NATURE HUMAINE

La réflexion sur la nature humaine est l'occasion, dès l'Antiquité, d'une interrogation poétique et philosophique sur la civilisation. La description de l'âge d'or met en évidence la corruption de l'état de société. L'homme, qui a renoncé à la simple satisfaction de ses besoins, s'est soumis à la tyrannie de ses désirs. Il a ainsi perdu sa sagesse originelle.

La rencontre des grands voyageurs avec le « sauvage », au XVIe siècle, donne une dimension plus concrète à l'âge d'or, que les écrivains et philosophes situent en Amérique. L'homme à l'état de nature y gagne un visage : celui de l'Indien, du cannibale. Il est nu, libre et heureux. Alors qu'il croyait ses valeurs absolues, l'Européen découvre que d'autres vivent en paix selon d'autres règles. Pour l'humaniste, la barbarie n'est qu'une question de point de vue. L'âge classique, respectueux du dogme chrétien, se méfie d'une nature marquée par le péché originel. C'est la civilisation qui guide l'homme vers le salut. Au XVIIIe siècle, dans le prolongement des récits de voyage et des réflexions humanistes, le mythe du « bon sauvage » triomphe, étranger à la fois aux contraintes et à l'immoralité de l'Européen. Par la description d'hommes ne connaissant pas la notion de propriété, fondement de l'état de société, certains écrivains des Lumières mettent en question les règles sociales, morales et politiques de l'Europe.

Au XIXe siècle, le romantisme fait de la nature une échappatoire rêvée à une civilisation qui ne tient aucune de ses promesses. Mais l'artiste ne peut regagner ce paradis perdu et reste prisonnier d'une société qui ne le comprend pas. Au xxᵉ siècle, le désenchantement semble succéder définitivement à l'optimisme des Lumières. L'Européen, le colon, en opprimant des peuples innocents et proches de la nature, au nom d'une exigence civilisatrice et d'un certain universalisme, a discrédité la civilisation. L'époque contemporaine est face au défi de repenser l'humanisme et l'idée de progrès. Le sens de l'Histoire, s'il existe, ne saurait être de revenir à une vie primitive. Mais l'homme peut-il s'éloigner toujours plus de la nature et de la part de « sauvagerie » qui est en lui ? Un sage compromis entre la raison, l'artifice et la simplicité naturelle, qui serait un véritable « âge d'or » encore à venir, est-il possible ?

■ L'Antiquité : l'éloge de l'âge d'or

Les écrivains romains, hantés par la crainte de la décadence, se sont intéressés à l'âge d'or, temps fictif de parfaite harmonie avec une nature bienfaisante, qui répondait à tous les besoins des hommes. Pour les chrétiens des premiers siècles, c'est un même bonheur qu'auraient connu Adam et Ève, au jardin d'Éden, et que décrit la Genèse[1]. Le mythe antique, qui traduit la nostalgie d'une époque révolue, permet en outre d'espérer le retour à des temps meilleurs.

Texte 1

POÈME ÉPIQUE

LUCRÈCE, *De la nature des choses* (Iᵉʳ siècle av. J.-C.) ♦ livre V, III

Le poète latin Lucrèce (98-55 av. J.-C.) a contribué à transmettre la pensée du philosophe grec Épicure (341-270 av. J.-C.). Il défend en particulier l'idée selon laquelle le monde est constitué d'atomes.

---

1. La Genèse : premier livre de l'Ancien Testament, qui évoque l'histoire du peuple juif, avant la naissance de Jésus.

Dans De la nature des choses, *il réfléchit sur les premiers temps de l'humanité, où les hommes vivaient en accord avec la nature et heureux, sans bénéficier du moindre progrès des sciences et des techniques.*

Enfin, dans sa fleur[1], la nouveauté du monde abondait en grossières pâtures[2] qui suffisaient aux misérables mortels. Pour apaiser leur soif, les cours d'eau et les sources les appelaient, comme aujourd'hui la voix claire des torrents qui tombent du
5   haut des montagnes invite de loin les fauves altérés[3]. Enfin leurs courses nocturnes les entraînaient aux demeures sylvestres[4] des nymphes[5], certains d'y voir sourdre[6] des eaux vives qui lavaient de leurs ondes abondantes les humides rochers, humides rochers couverts d'une verte mousse à travers laquelle elles perlaient, ou
10 bien qui, jaillissant en ruisseaux, s'élançaient dans la plaine. Ils ne savaient encore quel instrument est le feu, ni se servir de la peau des bêtes sauvages, ni se vêtir de leurs dépouilles. Les bois, les cavernes des montagnes, les forêts étaient leur demeure ; c'est dans les broussailles qu'ils cherchaient pour leur corps malpropre un
15 abri contre le fouet des vents et des pluies. Le bien commun ne pouvait les préoccuper, ni coutumes ni lois ne réglaient leurs rapports.

Le proie offerte par le hasard, chacun s'en emparait ; être fort, vivre à sa guise et pour soi, c'était la seule science. Et Vénus[7] dans
20 les bois accouplait les amants. Ce qui donnait la femme à l'homme, c'était soit un mutuel désir, soit la violence du mâle ou bien sa passion effrénée, ou encore l'appât d'une récompense,

---

1. Fleur : plus beau moment (sens figuré).
2. Pâtures : pâturages.
3. Altérés : tenaillés par la soif.
4. Sylvestres : dans la forêt.
5. Nymphes : divinités de la nature, belles jeunes filles.
6. Sourdre : jaillir.
7. Vénus : déesse de la beauté et de l'amour.

glands, arbouses[1] ou poires choisies. Confiants dans l'étonnante
vigueur de leurs mains et de leurs pieds, ils poursuivaient les bêtes
25 des forêts en leur lançant des pierres à la fronde[2], en les écrasant
de leurs massues ; ils triomphaient de la plupart, quelques-unes
seulement les faisaient regagner leurs retraites ; et pareils aux
sangliers couverts de soies, ils étendaient nus sur la terre leurs
membres sauvages, quand la nuit les surprenait, se faisant une
30 couverture de feuilles et de broussailles. Le jour, le soleil disparus,
ils n'allaient pas par les campagnes les chercher à grands cris,
errant pleins d'épouvante à travers les ombres de la nuit ; mais
silencieux ils attendaient, ensevelis dans le sommeil, que le soleil
de sa torche rouge rendit au ciel la lumière.

POÈME ÉPIQUE

Texte 2

OVIDE, *Les Métamorphoses* (an I) ♦ livre I

Dans Les Métamorphoses, *le poète latin Ovide (43 av. J.-C.-17 ou
18 apr. J.-C.) commence par évoquer les différents âges de l'humanité :
les âges d'or, d'argent, de bronze et de fer. L'âge d'or est celui de la vertu,
alors que les âges suivants sont marqués par le crime. Il s'agit d'une
réécriture du récit du poète grec Hésiode qui évoque, dans* Les Travaux
et les jours *(VIIIe siècle av. J.-C.), la succession de différentes « races » :
les « races » d'or, d'argent, de bronze, des héros et de fer.*

L'âge d'or commença. Alors les hommes gardaient volontaire-
ment la justice et suivaient la vertu sans effort. Ils ne connaissaient ni la crainte, ni les supplices ; des lois menaçantes n'étaient
point gravées sur des tables d'airain[3] ; on ne voyait pas des
5 coupables tremblants redouter les regards de leurs juges, et la
sûreté commune être l'ouvrage des magistrats.

---

1. Arbouses : fruits de l'arbousier, un arbuste.
2. Fronde : arme de jet avec laquelle on peut lancer des pierres.
3. Tables d'airain : tables sur lesquelles une inscription ne s'efface pas (allusion
aux Tables de la Loi, où étaient inscrits les Dix Commandements de Dieu).

Les pins abattus sur les montagnes n'étaient pas encore descendus sur l'océan pour visiter des plages inconnues. Les mortels ne connaissaient d'autres rivages que ceux qui les avaient vus naître. Les cités n'étaient défendues ni par des fossés profonds ni par des remparts. On ignorait et la trompette guerrière et l'airain[1] courbé du clairon. On ne portait ni casque, ni épée ; et ce n'étaient pas les soldats et les armes qui assuraient le repos des nations.

La terre, sans être sollicitée par le fer, ouvrait son sein, et, fertile sans culture, produisait tout d'elle-même. L'homme, satisfait des aliments que la nature lui offrait sans effort, cueillait les fruits de l'arbousier[2] et du cornouiller[3], la fraise des montagnes, la mûre sauvage qui croît sur la ronce épineuse, et le gland qui tombait de l'arbre de Jupiter[4]. C'était alors le règne d'un printemps éternel. Les doux zéphyrs[5], de leurs tièdes haleines, animaient les fleurs écloses sans semence. La terre, sans le secours de la charrue, produisait d'elle-même d'abondantes moissons. Dans les campagnes s'épanchaient des fontaines de lait, des fleuves de nectar ; et de l'écorce des chênes le miel distillait en bienfaisante rosée.

Lorsque Jupiter eut précipité Saturne[6] dans le sombre Tartare[7], l'empire du monde lui appartint, et alors commença l'âge d'argent, âge inférieur à celui qui l'avait précédé, mais préférable à l'âge d'airain qui le suivit. [...] L'âge de fer fut le dernier. Tous les crimes se répandirent avec lui sur la terre.

---

1. **Airain** : bronze.
2. **Arbousier** : arbuste, dont le fruit est l'arbouse.
3. **Cornouiller** : petit arbre, dont le bois est très dur.
4. **Arbre de Jupiter** : le chêne.
5. **Zéphyrs** : vents doux et agréables.
6. Saturne est le père de Jupiter. Son règne est celui de l'âge d'or.
7. **Tartare** : lieu des Enfers.

■ De l'humanisme (XVIe siècle) aux Lumières (XVIIIe siècle) : le mythe du « bon sauvage »

L'humanisme est un mouvement de pensée contemporain des grandes découvertes, qui confrontent l'Européen à l'Autre. La rencontre avec le « sauvage » est l'occasion d'une réflexion sur les mœurs de l'Europe et d'une leçon de relativisme. Les moralistes du XVIIe siècle ne reprennent pas cet éloge de l'homme proche de l'état de nature, que l'on retrouvera au XVIIIe siècle, autour du mythe du « bon sauvage » et des polémiques qu'il a fait naître.

L'humanisme : la découverte du « sauvage » (XVIe siècle)

Les grands voyages du XVIe siècle bouleversent la vision que l'homme a de lui-même et de sa place dans le monde. L'Européen comprend que son mode de vie n'est pas le seul possible. Léry et Montaigne remettent en question une hiérarchie infondée, qui voudrait que la civilisation européenne soit supérieure à celle des « sauvages ». Les guerres civiles entre catholiques et protestants, qui ravagent la France à cette époque, viennent confirmer cette affirmation de Montaigne : « Chacun appelle barbarie ce qui n'est pas de son usage. » (*Essais*, « Des cannibales »)

Texte 3

RÉCIT DE VOYAGE

JEAN DE LÉRY, *Histoire d'un voyage fait en la terre du Brésil* (1578)
♦ orthographe modernisée

L'œuvre de Jean de Léry (1534-1613) est le récit d'une expédition, qui l'a mené jusqu'à la « France antarctique », colonie française du Brésil fondée par Villegagnon. Il y évoque la confrontation de l'Européen avec le « sauvage », le Toupinamba, dont il décrit les pratiques anthropophages. Il publie son récit vingt ans après son retour en France, à un moment où les guerres de religion ont éclaté.

Léry peut alors se poser cette question : entre l'Européen et l'Indien, le « sauvage » est-il vraiment celui que l'on croit ?

Toutefois avant que clore ce chapitre, ce lieu-ci requiert que je réponde, tant à ceux qui ont écrit, qu'à ceux qui pensent que la fréquentation entre ces sauvages tous nus, et principalement parmi les femmes, incite à lubricité et paillardise[1]. Sur quoi je

5   dirai en un mot, qu'encore voirement[2] qu'en apparence il n'y ait que trop d'occasion d'estimer qu'outre la déshonnêteté de voir ces femmes nues, cela ne semble aussi servir comme d'un appât ordinaire à convoitise[3] : toutefois, pour en parler selon ce qui s'en est communément aperçu pour lors, cette nudité ainsi grossière en

10   telle femme est beaucoup moins attrayante qu'on ne cuiderait[4]. Et partant, je maintiens que les attifets[5], fards, fausses perruques, cheveux tortillés, grands collets[6] fraisés[7], vertugales[8], robes sur robes, et autres infinies bagatelles dont les femmes et filles de par-deçà[9] se contrefont[10] et n'ont jamais assez, sont sans comparaison,

15   cause de plus de maux que n'est la nudité ordinaire des femmes sauvages : lesquelles cependant, quant au naturel, ne doivent rien aux autres en beauté. Tellement que si l'honnêteté me permettait d'en dire davantage, me vantant bien de soudre[11] toutes les objections qu'on pourrait amener au contraire, j'en donnerais des

20   raisons si évidentes que nul ne les pourrait nier. Sans donc pour-

---

1. Lubricité et paillardise : abandon au vice, en particulier aux plaisirs charnels.

2. Voirement : vraiment.

3. Convoitise : désir (sexuel, ici).

4. Cuiderait : penserait.

5. Attifets : ornements, parures de femme (et en particulier coiffe, formant un arc de chaque côté du front).

6. Collets : parties de vêtement autour du cou.

7. Fraisés : plissés.

8. Vertugales : jupons élargis par des bourrelets.

9. De par-deçà : d'ici (en Europe).

10. Se contrefont : se déguisent.

11. Soudre : résoudre, annuler.

suivre ce propos plus avant, je me rapporte de ce peu que j'en ai dit à ceux qui ont fait le voyage en la terre du Brésil, et qui comme moi ont vu les unes et les autres.

25 Ce n'est pas cependant que contre ce que dit la sainte Écriture d'Adam et Ève, lesquels après le péché, reconnaissant qu'ils étaient nus furent honteux, je veuille en façon que ce soit approuver cette nudité : plutôt détesterai-je les hérétiques[1] qui contre la Loi de nature (laquelle toutefois quant à ce point n'est nullement observée entre[2] nos pauvres Américains) l'ont autrefois 30 voulu introduire par-deçà.

Mais ce que j'ai dit de ces sauvages est, pour montrer qu'en les condamnant si austèrement, de ce que sans nulle vergogne[3] ils vont ainsi le corps entièrement découvert, nous excédant[4] en l'autre extrémité, c'est-à-dire en nos bombances[5], superfluités[6] et 35 excès en habits, ne sommes guère plus louables. Et plût à Dieu, pour mettre fin à ce point, qu'un chacun de nous, plus pour l'honnêteté et nécessité, que pour la gloire et mondanité[7], s'habillât modestement.

ESSAI

Texte 4

MICHEL DE MONTAIGNE, *Essais (1580)*, « **Des cannibales** » ◆ tome I, livre I, chap. XXXI, orthographe modernisée

Montaigne (1533-1592), inspiré par la philosophie sceptique, qui l'invite à douter de tout, insiste sur la relativité de la notion de « sauvagerie ». Dans cette conclusion de son essai « Des cannibales »,

---

1. Hérétiques : ceux dont les croyances ne sont pas conformes aux croyances officielles de la religion.
2. Observée entre : respectée par.
3. Vergogne : honte.
4. Excédant : dépassant.
5. Bombances : repas excessifs.
6. Superfluités : excès, goût pour le superflu.
7. Mondanité : souci de briller en société.

*il se livre à un renversement de point de vue à la fois comique et cruel,
car il pointe la suffisance de l'Européen : c'est le « sauvage » qui en
vient à juger l'homme civilisé. Dans son organisation sociale et
politique, l'Europe aurait beaucoup à apprendre du cannibale.*

Trois d'entre eux, ignorant combien coûtera un jour à leur
repos et à leur bonheur la connaissance des corruptions de deçà[1],
et que de ce commerce[2] naîtra leur ruine, comme je présuppose
qu'elle soit déjà avancée, bien misérables de s'être laissé piper[3] au
5   désir de la nouvelleté[4], et avoir quitté la douceur de leur ciel pour
venir voir le nôtre, furent à Rouen, du temps que le feu roi Charles
neuvième[5] y était. Le Roi parla à eux longtemps ; on leur fit voir
notre façon, notre pompe[6], la forme d'une belle ville. Après cela,
quelqu'un en demanda leur avis, et voulut savoir d'eux ce qu'ils y
10 avaient trouvé de plus admirable ; ils répondirent trois choses,
d'où j'ai perdu la troisième, et en suis bien marri[7] ; mais j'en ai
encore deux en mémoire. Ils dirent qu'ils trouvaient en premier
lieu fort étrange que tant de grands hommes, portant barbe, forts
et armés, qui étaient autour du Roi (il est vraisemblable qu'ils
15 parlaient des Suisses[8] de sa garde), se soumissent à obéir à un
enfant, et qu'on ne choisisse plutôt quelqu'un d'entre eux pour
commander ; secondement (ils ont une façon de leur langage telle,
qu'ils nomment les hommes moitié les uns des autres) qu'ils
avaient aperçu qu'il y avait parmi nous des hommes pleins et
20 gorgés[9] de toutes sortes de commodités, et que leurs moitiés

---

1. De deçà : d'ici (en Europe).

2. Commerce : relation, fréquentation.

3. Piper : séduire.

4. Nouvelleté : nouveauté.

5. Charles neuvième : roi de France (1550-1574).

6. Pompe : cérémonial, faste.

7. Marri : déçu, désolé.

8. Suisses : régiment d'infanterie suisse servant les rois de France aux XVIIe et
XVIIIe siècles.

9. Gorgés : comblés.

étaient mendiants à leurs portes, décharnés de faim et de pauvreté ; et trouvaient étrange comme ces moitiés ici nécessiteuses[1] pouvaient souffrir[2] une telle injustice, qu'ils ne prissent les autres à la gorge, ou missent le feu à leurs maisons.

25   Je parlai à l'un d'eux fort longtemps ; mais j'avais un truchement[3] qui me suivait si mal et qui était si empêché à recevoir mes imaginations par sa bêtise, que je n'en pus tirer guère de plaisir. Sur ce que je lui demandai quel fruit[4] il recevait de la supériorité qu'il avait parmi les siens (car c'était un capitaine, et nos matelots
30 le nommaient roi), il me dit que c'était marcher le premier à la guerre ; de combien d'hommes il était suivi, il me montra une espace de lieu, pour signifier que c'était autant qu'il en pourrait en une telle espace, ce pouvait être quatre ou cinq mille hommes ; si, hors la guerre, toute son autorité était expirée, il dit qu'il lui
35 en restait cela que, quand il visitait les villages qui dépendaient de lui, on lui dressait des sentiers au travers des haies de leurs bois, par où il pût passer bien à l'aise.

    Tout cela ne va pas trop mal : mais quoi, ils ne portent point de hauts-de-chausses[5].

Au XVIIᵉ siècle : la nature maîtrisée ?

Le classicisme est une période de méfiance à l'égard de la nature, censée autoriser l'expression libre et débridée des désirs. La plupart des écrivains associent la civilisation à la maîtrise de

---

1. Nécessiteuses : pauvres, ne disposant pas du nécessaire pour vivre.

2. Souffrir : supporter.

3. Truchement : interprète, traducteur.

4. Fruit : avantage, bénéfice.

5. Hauts-de-chausses : sorte de pantalon bouffant, porté au-dessus des chausses. Cette remarque est la dernière de l'essai et apparaît comme une ultime et plaisante moquerie de Montaigne à l'égard des Européens : ces derniers ne pourraient s'empêcher de se considérer comme supérieurs. Mais cette supériorité n'est plus fondée que sur l'habit, seul signe aussi objectif que superficiel de civilisation.

soi et à la sagesse. Ils n'apprécient la nature que lorsqu'elle prend la forme très régulière et esthétique du jardin à la française[1]. Mais les écrivains libertins, qui s'expriment en marge de l'âge classique et qui portent un regard critique sur les exigences morales et religieuses de leur temps, remettent en question cette vision très culpabilisante de l'homme : la civilisation, avec ses contraintes absurdes, est un obstacle au bonheur, qui supposerait le retour à une forme de « sauvagerie ».

Texte 5

FABLE

JEAN DE LA FONTAINE, *Fables,* **« Le philosophe scythe »** (1694) ◆ livre XII, fable 20

Pour La Fontaine (1621-1695), l'homme doit s'éloigner de l'agitation de la ville et du monde et rechercher la retraite, qui lui garantit le temps nécessaire à la réflexion et à la connaissance de lui-même. La nature peut être le lieu du bonheur et de la sagesse, si elle a été modelée par l'homme : La Fontaine apprécie le jardin, et non la sombre forêt. L'épicurisme, aussi appelé « philosophie du jardin », est d'ailleurs l'une des inspirations philosophiques majeures des Fables. *Contrairement au stoïcisme, il prescrit un rapport bien tempéré aux désirs, qu'il est illusoire de vouloir refouler.*

Un philosophe austère, et né dans la Scythie[2],
Se proposant de suivre une plus douce vie,
Voyagea chez les Grecs, et vit en certains lieux
Un Sage assez semblable au vieillard de Virgile[3],
5   Homme égalant les Rois, homme approchant des dieux,

---

1. Les jardins de Versailles, conçus par Le Nôtre (1613-1700), sont un chef-d'œuvre du jardin à la française et traduisent le souci de domestiquer la nature qui prévaut à l'âge classique.
2. Scythie : région située au sud de la Russie. Le philosophe scythe est probablement Anacharsis (VIe siècle av. J.-C.).
3. Virgile : poète latin (Ier siècle av. J.-C.). Il fait allusion à un vieillard, sur le fleuve Galèse, qui cultivait son jardin (Virgile, *Géorgiques,* IV, v. 125-133).

Et, comme ces derniers, satisfait et tranquille.
Son bonheur consistait aux beautés d'un jardin.
Le Scythe l'y trouva qui, la serpe à la main,
De ses arbres à fruit retranchait l'inutile,
10   Ébranchait, émondait[1], ôtait ceci, cela,
      Corrigeant partout la nature,
Excessive à payer ses soins avec usure[2].
      Le Scythe alors lui demanda
« Pourquoi cette ruine ? Était-il d'homme sage
15   De mutiler ainsi ces pauvres habitants ?
Quittez-moi votre serpe, instrument de dommage.
      Laissez agir la faux du Temps :
Ils iront assez tôt border le noir rivage[3].
– J'ôte le superflu, dit l'autre, et l'abattant,
20   Le reste en profite d'autant.
Le Scythe, retourné dans sa triste demeure,
Prend la serpe à son tour, coupe et taille à toute heure ;
Conseille à ses voisins, prescrit à ses amis
      Un universel abattis[4].
25   Il ôte de chez lui les branches les plus belles,
Il tronque son verger contre toute raison,
      Sans observer temps ni saison,
      Lunes ni vieilles ni nouvelles.
Tout languit et tout meurt. Ce Scythe exprime bien
30   Un indiscret[5] stoïcien[6] :
      Celui-ci retranche de l'âme

---

1. Ébranchait, émondait : coupait les branches mortes.

2. Payer avec usure : rendre un service plus grand que celui qu'on a reçu.

3. Noir rivage : Enfer.

4. Abattis : ce qui a été abattu.

5. Indiscret : excessif, zélé.

6. Stoïcien : partisan du stoïcisme, philosophie qui prône une rigoureuse maîtrise des désirs.

Désirs et passions, le bon et le mauvais,

    Jusqu'aux plus innocents souhaits.

Contre de telles gens, quant à moi, je réclame.

35 Ils ôtent à nos cœurs le principal ressort ;

Ils font cesser de vivre avant que l'on soit mort.

Texte 6   LETTRE

CYRANO DE BERGERAC, *Lettres*, « D'une maison de campagne » (1654)
♦ lettre XI

Cyrano de Bergerac (1619-1655) est un « libertin érudit[1] *», qui remet en question les certitudes philosophiques, morales et religieuses de son époque : il se moque de l'Église et des croyances, qu'il considère souvent comme de simples manifestations de superstition. Il est, entre autres, l'auteur de nombreuses lettres, qui sont autant d'exercices de style, voire de poèmes en prose. Dans la lettre intitulée* D'une maison de campagne, *Cyrano décrit, non sans arrière-pensée antichrétienne, un paradis terrestre. Pour lui, le seul paradis est dans la nature. Celui que la religion promet dans l'au-delà n'est qu'un rêve.*

Monsieur,

J'ai trouvé le paradis d'Éden, j'ai trouvé l'âge d'or, j'ai trouvé la jeunesse perpétuelle, enfin j'ai trouvé la Nature au maillot[2]. On rit ici de tout son cœur ; nous sommes grands cousins, le

5 porcher[3] du village et moi [...]. Et si, de la Cour où vous êtes, vous aviez des yeux assez bons pour apercevoir jusques ici ce gros garçon qui garde vos codindes[4] le ventre couché sur l'herbe ronfler paisiblement un somme de dix heures tout d'une pièce, se guérir d'une fièvre ardente en dévorant un quartier de lard

10 jaune, vous confesseriez que la douceur d'un repos tranquille ne

---

1. Expression de René Pintard, auteur au XXᵉ siecle d'une thèse sur ce sujet.

2. Au maillot : dans son premier âge.

3. Porcher : celui qui garde les cochons.

4. Codindes : dindons.

se goûte point sous les lambris[1] dorés. Revenez donc, je vous
prie, à votre solitude ; pour moi je pense que vous en avez perdu
la mémoire : oui sans doute vous l'avez perdue. Mais en vérité,
reste-il encore quelque sombre idée dans votre souvenir de ce
15 palais enchanté, dont vous vous êtes banni ? Ha ! je vois bien que
non, il faut que je vous en envoie le tableau dans ma lettre :
écoutez-le donc, le voici, car c'est un tableau qui parle. [...] Là,
de tous côtés, les fleurs, sans avoir eu d'autre jardinier que la
nature, respirent une haleine sauvage qui réveille et satisfait
20 l'odorat : la simplicité d'une rose sur l'églantier, et l'azur[2] éclatant d'une violette sous des ronces, ne laissant point de liberté
pour le choix, font juger qu'elles sont toutes deux plus belles
l'une que l'autre. Là le printemps compose toutes les saisons ; là
ne germe point de plante vénéneuse que sa naissance aussitôt ne
25 trahisse sa conservation ; là les ruisseaux racontent leurs voyages
aux cailloux ; là mille petites voix emplumées[3] font retentir
forêt au bruit de leurs chansons, et la trémoussante[4] assemblée
de ces gorges mélodieuses est si générale, qu'il semble que
chaque feuille dans les bois ait pris la figure et la langue du
30 rossignol [...].

■ Au XVIIIe siècle : réflexions et polémiques autour du mythe du « bon sauvage »

Le mythe du « bon sauvage » prolonge la réflexion des humanistes sur l'Autre. Cette construction philosophique et littéraire,
abstraite, ne renvoie à aucune réalité historique. Pour les hommes
des Lumières, ce mythe donne lieu à une rêverie sur la nature et à

---

1. **Lambris** : revêtement en bois sur les plafonds ou les murs.
2. **Azur** : couleur bleue.
3. **Voix emplumées** : voix des oiseaux.
4. **Trémoussante** : qui bouge, qui volette.

une réflexion déterminante sur les rapports entre nature et culture. Il révèle une vision de l'Histoire marquée par une certaine inquiétude : les Lumières sont-elles vraiment susceptibles de guider l'homme vers le bonheur ?

POÈME DIDACTIQUE ET SATIRIQUE

Texte 7

VOLTAIRE, *Le Mondain* (1736)

Voltaire (1694-1778), dans Le Mondain, *s'oppose vigoureusement, non sans quelque provocation, au mythe du « bon sauvage ». Pour lui, la nature ne saurait être un idéal. Seule la civilisation apporte à l'homme le bonheur et lui permet de jouir de tous les plaisirs, sans attendre un hypothétique salut, promis par la religion.*

Regrettera qui veut le bon vieux temps,
Et l'âge d'or, et le règne d'Astrée [1],
Et les beaux jours de Saturne et de Rhée [2],
Et le jardin de nos premiers parents ;
5   Moi, je rends grâce à la nature sage
Qui, pour mon bien, m'a fait naître en cet âge
Tant décrié par nos tristes frondeurs [3] :
Ce temps profane [4] est tout fait pour mes mœurs.
J'aime le luxe, et même la mollesse,
10 Tous les plaisirs, les arts de toute espèce,
La propreté, le goût, les ornements :
Tout honnête homme a de tels sentiments.
Il est bien doux pour mon cœur très immonde [5]

---

1. Astrée : personnage éponyme d'un roman pastoral d'Honoré d'Urfé (publié de 1607 à 1628), qui évolue dans une nature idéale.

2. L'âge d'or est le règne de Saturne et de Rhée.

3. Frondeurs : allusion à la Fronde (1648-1653), épisode de contestation de l'autorité monarchique.

4. Profane : qui n'est pas sacré.

5. Immonde : qui aime les plaisirs. La connotation est ici péjorative et ironique.

De voir ici l'abondance à la ronde,
15   Mère des arts et des heureux travaux,
Nous apporter, de sa source féconde,
Et des besoins et des plaisirs nouveaux.
L'or de la terre et les trésors de l'onde[1],
Leurs habitants et les peuples de l'air,
20   Tout sert au luxe, aux plaisirs de ce monde.
Ah ! le bon temps que ce siècle de fer !
[…]
Mon cher Adam, mon gourmand, mon bon père,
Que faisais-tu dans les jardins d'Éden ?
Travaillais-tu pour ce sot genre humain ?
25   Caressais-tu madame Ève, ma mère ?
Avouez-moi que vous aviez tous deux
Les ongles longs, un peu noirs et crasseux,
La chevelure un peu mal ordonnée,
Le teint bruni, la peau bise[2] et tannée.
30   Sans propreté l'amour le plus heureux
N'est plus amour, c'est un besoin honteux.
Bientôt lassés de leur belle aventure,
Dessous un chêne ils soupent galamment
Avec de l'eau, du millet[3], et du gland ;
35   Le repas fait, ils dorment sur la dure :
Voilà l'état de la pure nature.
[…]
Le paradis terrestre est où je suis.

---

1. Onde : eau, mer.
2. Bise : brune.
3. Millet : mil, céréale qui se mange en bouillie.

ESSAI

JEAN-JACQUES ROUSSEAU, *Discours sur l'origine et les fondements de l'inégalité parmi les hommes* (1755) ♦ première partie

Rousseau (1712-1778) répond dans cette œuvre à une question posée par l'académie de Dijon : « Quelle est l'origine de l'inégalité parmi les hommes, et si elle est autorisée par la loi naturelle. » Il commence par étudier l'homme à l'état de nature et par formuler des hypothèses sur ce qu'aurait pu être sa vie. Cet état, qui n'est pas attesté historiquement, est une fiction qui lui permet d'envisager ensuite les fondements de l'état de société. Rousseau ne partage pas l'optimisme des Lumières. Pour lui, l'histoire s'est écrite sur le mode de la décadence : la civilisation n'a apporté aux hommes que l'inégalité et le malheur.

Quoi qu'il en soit de ces origines, on voit du moins, au peu de soin qu'a pris la nature de rapprocher les hommes par des besoins mutuels, et de leur faciliter l'usage de la parole, combien elle a peu préparé leur sociabilité, et combien elle a peu mis du sien dans tout ce qu'ils ont fait, pour en établir les liens. En effet, il est impossible d'imaginer pourquoi dans cet état primitif un homme aurait plutôt besoin d'un autre homme qu'un singe ou un loup de son semblable, ni, ce besoin supposé, quel motif pourrait engager l'autre à y pourvoir, ni même, en ce dernier cas, comment ils pourraient convenir entre eux des conditions. Je sais qu'on nous répète sans cesse que rien n'eût été si misérable que l'homme dans cet état ; et s'il est vrai, comme je crois l'avoir prouvé, qu'il n'eût pu, qu'après bien des siècles, avoir le désir, et l'occasion d'en sortir, ce serait un procès à faire à la nature, et non à celui qu'elle aurait ainsi constitué. Mais si j'entends bien ce terme de *misérable*, c'est un mot qui n'a aucun sens, ou qui ne signifie qu'une privation douloureuse et la souffrance du corps ou de l'âme : or je voudrais bien qu'on m'expliquât quel peut être le genre de misère d'un être libre, dont le cœur est en paix et le corps en santé. Je demande laquelle, de la vie civile ou naturelle, est la plus sujette à devenir insupportable à ceux qui en jouissent ? Nous ne voyons presque autour de nous que des gens qui se

plaignent de leur existence ; plusieurs même qui s'en privent autant qu'il est en eux, et la réunion des lois divine et humaine suffit à peine pour arrêter ce désordre : je demande si jamais on a ouï dire
25 qu'un sauvage en liberté ait seulement songé à se plaindre de la vie et à se donner la mort ? Qu'on juge donc avec moins d'orgueil de quel côté est la véritable misère. Rien au contraire n'eût été si misérable que l'homme sauvage, ébloui par des lumières[1], tourmenté par des passions, et raisonnant sur un état différent du sien. Ce fut
30 par une providence[2] très sage que les facultés qu'il avait en puissance ne devaient se développer qu'avec les occasions de les exercer, afin qu'elles ne lui fussent ni superflues et à charge avec le temps, ni tardives, et inutiles au besoin. Il avait dans le seul instinct tout ce qu'il lui fallait pour vivre dans l'état de nature, il n'a dans une
35 raison cultivée que ce qu'il lui faut pour vivre en société.

Texte complémentaire
VOLTAIRE, Lettre à Rousseau (1755)

Voltaire répond à Rousseau par cette célèbre lettre, dans laquelle il feint de prendre au pied de la lettre l'éloge de l'état de nature : Rousseau n'a jamais défendu le retour à une vie primitive, qui n'est d'ailleurs pour lui qu'une simple construction de l'esprit. Voltaire, qui croit au progrès, associe la nature à la bêtise et à la brutalité. Il fait de l'ironie une arme majeure de la polémique.

Aux délices près de Genève, 30 août 1755

J'ai reçu, Monsieur, votre nouveau livre contre le genre humain[3] ; je vous remercie ; vous plairez aux hommes à qui vous dites leurs vérités, et vous ne les corrigerez pas. Vous peignez avec
5 des couleurs bien vraies les horreurs de la société humaine dont

---

1. Lumières : connaissances.

2. Providence : expression de la sagesse de Dieu dans l'Histoire.

3. Allusion sarcastique au *Discours sur l'origine et les fondements de l'inégalité parmi les hommes*.

l'ignorance et la faiblesse se promettent tant de douceurs. On n'a jamais tant employé d'esprit à vouloir nous rendre bêtes[1].

Il prend envie de marcher à quatre pattes quand on lit votre ouvrage. Cependant comme il y a plus de soixante ans que j'en ai perdu l'habitude, je sens malheureusement qu'il m'est impossible de la reprendre. Et je laisse cette allure naturelle à ceux qui en sont plus dignes que vous et moi. Je ne peux non plus m'embarquer pour aller trouver les sauvages du Canada, premièrement parce que les maladies auxquelles je suis condamné me rendent un médecin d'Europe nécessaire, secondement parce que la guerre est portée dans ce pays-là[2], et que les exemples de nos nations ont rendu les sauvages presque aussi méchants que nous. Je me borne à être un sauvage paisible dans la solitude que j'ai choisie auprès de votre patrie[3] où vous devriez être. [...]

M. Chapuis m'apprend que votre santé est bien mauvaise. Il faudrait la venir rétablir dans l'air natal, jouir de la liberté, boire avec moi du lait de nos vaches, et brouter nos herbes. Je suis très philosophiquement, et avec la plus tendre estime,

Monsieur,

votre très humble et très obéissant serviteur.

VOLTAIRE

---

1. Bêtes : stupides et animaux (jeu sur le double sens du mot).

2. Le Canada est en effet à cette époque un lieu d'affrontement ente la France et l'Angleterre.

3. Voltaire habite la propriété des Délices, près de Genève.

RÉCIT DE VOYAGE

LOUIS ANTOINE DE BOUGAINVILLE, *Voyage autour du monde par la frégate du Roi La Boudeuse et la flûte L'Étoile en 1766, 1767, 1768 et 1769* (1771 et 1772) ♦ chap. x

Bougainville (1729-1811) voyage autour du monde de 1766 à 1769 et ramène en France le Tahitien Aotourou. Il rend compte de son expérience dans un texte décrivant la beauté et la bonté des Tahitiens qui connaît un grand succès. Diderot écrira un compte rendu de ce récit, avant de publier le Supplément au Voyage de Bougainville *(1772).*

Le peuple de Tahiti est composé de deux races d'hommes très différentes, qui cependant ont la même langue, les mêmes mœurs et qui paraissent se mêler ensemble sans distinction. La première, et c'est la plus nombreuse, produit des hommes de la plus grande

5   taille : il est d'ordinaire d'en voir de six pieds[1] et plus.

Je n'ai jamais rencontré d'hommes mieux faits ni mieux proportionnés ; pour peindre Hercule[2] et Mars[3], on ne trouverait nulle part d'aussi beaux modèles. [...]

Le caractère de la nation nous a paru être doux et bienfaisant.

10   Il ne semble pas qu'il y ait dans l'île aucune guerre civile, aucune haine particulière, quoique le pays soit divisé en petits cantons qui ont chacun leur seigneur indépendant. Il est probable que les Tahitiens pratiquent entre eux une bonne foi dont ils ne doutent point. Qu'ils soient chez eux ou non, jour ou nuit, les maisons

15   sont ouvertes. Chacun cueille les fruits sur le premier arbre qu'il rencontre, en prend dans la maison où il entre. Il paraîtrait que, pour les choses absolument nécessaires à la vie, il n'y a point de propriété et que tout est à tous. [...]

J'exposerai à la fin de ce chapitre ce que j'ai pu entrevoir sur la

20   forme de leur gouvernement, sur l'étendue du pouvoir qu'ont

---

1. Pied : ancienne mesure de longueur (de 33 cm environ).
2. Hercule : héros de la mythologie romaine.
3. Mars : dieu romain de la guerre.

leurs petits souverains, sur l'espèce de distinction qui existe entre les principaux[1] et le peuple, sur le lien enfin qui réunit ensemble, et sous la même autorité, cette multitude d'hommes robustes qui ont si peu de besoins. Je remarquerai seulement ici que, dans les
25   circonstances délicates, le seigneur du canton ne décide point sans l'avis d'un conseil. On a vu qu'il avait fallu une délibération[2] des principaux de la nation lorsqu'il s'était agi de l'établissement de notre camp à terre. J'ajouterai que le chef paraît être obéi sans réplique par tout le monde, et que les notables ont aussi des gens
30   qui les servent, et sur lesquels ils ont de l'autorité.

ROMAN

Texte 10

BERNARDIN DE SAINT-PIERRE, *Paul et Virginie* (1788)

Le roman de Bernardin de Saint-Pierre (1737-1814), admirateur de Rousseau, est d'abord publié à la fin d'un traité intitulé Études de la nature. *Il rend compte de l'amour impossible de deux enfants, vivant sur l'actuelle île Maurice. Sa conclusion tragique traduit l'émergence d'une sensibilité nouvelle, à la fin du XVIIIe siècle, qui ouvre la voie au romantisme. Bernardin de Saint-Pierre y livre une réflexion sur le lien entre la nature, l'innocence et le bonheur, auquel notre civilisation fait obstacle.*

Vous autres Européens, dont l'esprit se remplit dès l'enfance de tant de préjugés contraires au bonheur, vous ne pouvez concevoir que la nature puisse donner tant de lumières et de plaisirs. Votre âme, circonscrite dans une petite sphère de connaissances humaines, atteint bientôt le terme de ses jouissances artificielles :
5   mais la nature et le cœur sont inépuisables. Paul et Virginie n'avaient ni horloges, ni almanachs[3], ni livres de chronologie,

---

1. Principaux : chefs.

2. Délibération : discussion au terme de laquelle on prend une décision.

3. Almanachs : calendriers qui donnent des informations astronomiques et météorologiques, entre autres.

d'histoire et de philosophie. Les périodes de leur vie se réglaient sur celles de la nature. Ils connaissaient les heures du jour par l'ombre des arbres ; les saisons, par les temps où ils donnent leurs fleurs ou leurs fruits ; et les années, par le nombre de leurs récoltes. Ces douces images répandaient les plus grands charmes dans leurs conversations. « Il est temps de dîner, disait Virginie à la famille, les ombres des bananiers sont à leurs pieds » ; ou bien : « La nuit s'approche, les tamarins[1] ferment leurs feuilles. Quand viendrez-vous nous voir ? lui disaient quelques amies du voisinage. – Aux cannes de sucre, répondait Virginie. – Votre visite nous sera encore plus douce et plus agréable », reprenaient ces jeunes filles. Quand on l'interrogeait sur son âge et sur celui de Paul : « Mon frère, disait-elle, est de l'âge du grand cocotier de la fontaine, et moi de celui du plus petit. Les manguiers ont donné douze fois leurs fruits, et les orangers vingt-quatre fois leurs fleurs depuis que je suis au monde. » Leur vie semblait attachée à celle des arbres comme celle des faunes[2] et des dryades[3] : ils ne connaissaient d'autres époques historiques que celles de la vie de leurs mères, d'autre chronologie que celles de leurs vergers, et d'autre philosophie que de faire du bien à tout le monde, et de se résigner à la volonté de Dieu.

Après tout, qu'avaient besoin ces jeunes gens d'être riches et savants à notre manière ? Leurs besoins et leur ignorance ajoutaient à leur félicité.

---

1. Tamarins : tamariniers, arbres tropicaux.
2. Faunes : divinités champêtres.
3. Dryades : divinités des forêts.

■ Au XIXᵉ siècle : la nature et le rêve de l'Ailleurs

Le mythe du « bon sauvage » perd de sa fécondité littéraire au XIXᵉ siècle. Les écrivains de cette époque, inspirés par la sensibilité romantique, font de la nature un lieu essentiel à la méditation et à la rêverie, une échappatoire à la société, qui leur interdit la liberté dont ils rêvent. Mais, dans la nature, l'artiste veut d'abord se retrouver lui-même. Il ne cherche en aucun cas la rencontre avec l'Autre et la remise en question de ses valeurs. À la fin du siècle, la nature n'est plus forcément considérée comme un espace idéal et presque sacré. Elle inspire même un certain dégoût à ceux qui défendent la modernité et la beauté. Plus sûrement que d'un retour à une nature naïvement idéalisée, le salut ne pourrait-il pas venir de l'art, qui est l'expression la plus raffinée de l'artifice et des progrès de l'esprit humain ?

ROMAN

Texte 11

FRANÇOIS-RENÉ DE CHATEAUBRIAND, *René* (1802)

*Ce roman de Chateaubriand (1768-1848), une œuvre majeure du romantisme, s'inscrit dans la continuité d'*Atala *(1801), qui repose sur le récit que Chactas, un vieux sage, fait de ses aventures à René, un jeune homme adopté par les Indiens Natchez. Dans* René, *le personnage éponyme raconte à Chactas son histoire. Il s'est exilé en Amérique, pour échapper au « vague des passions[1] » qui le ronge. La nature américaine est, pour lui, le lieu d'une innocence retrouvée.*

René avait les yeux attachés sur un groupe d'Indiens qui passaient gaiement dans la plaine. Tout à coup sa physionomie s'attendrit, des larmes coulent de ses yeux ; il s'écrie :

« Heureux sauvages ! oh ! que ne puis-je jouir de la paix qui
5 vous accompagne toujours ! Tandis qu'avec si peu de fruit je

---

1. Chateaubriand emploie cette expression pour parler de la mélancolie qui l'affecte.

parcourais tant de contrées, vous, assis tranquillement sous vos chênes, vous laissiez couler les jours sans les compter. Votre raison n'était que vos besoins, et vous arriviez mieux que moi au résultat de la sagesse, comme l'enfant, entre les jeux et le sommeil. Si cette mélancolie qui s'engendre de l'excès du bonheur atteignait quelquefois votre âme, bientôt vous sortiez de cette tristesse passagère, et votre regard levé vers le ciel cherchait avec attendrissement ce je ne sais quoi inconnu qui prend pitié du pauvre sauvage. »

Ici la voix de René expira de nouveau, et le jeune homme pencha la tête sur sa poitrine. Chactas, étendant les bras dans l'ombre et prenant le bras de son fils, lui cria d'un ton ému : « Mon fils ! mon cher fils ! » À ces accents, le frère d'Amélie[1], revenant à lui et rougissant de son trouble, pria son père de lui pardonner.

Alors le vieux sauvage : « Mon jeune ami, les mouvements d'un cœur comme le tien ne sauraient être égaux ; modère seulement ce caractère qui t'a déjà fait tant de mal. Si tu souffres plus qu'un autre des choses de la vie, il ne faut pas t'en étonner : une grande âme doit contenir plus de douleurs qu'une petite. Continue ton récit. Tu nous as fait parcourir une partie de l'Europe, fais nous connaître ta patrie. Tu sais que j'ai vu la France et quels liens m'y ont attaché ; j'aimerais à entendre parler de ce grand chef[2] qui n'est plus et dont j'ai visité la superbe cabane. Mon enfant, je ne vis plus que pour la mémoire. Un vieillard avec ses souvenirs ressemble au chêne décrépit de nos bois : ce chêne ne se décore plus de son propre feuillage, mais il couvre quelquefois sa nudité des plantes étrangères qui ont végété sur ses antiques rameaux. »

---

1. René est le frère d'Amélie, entrée au couvent afin d'étouffer les sentiments qu'elle ressentait pour lui.
2. Ce grand chef : allusion à Louis XIV.

Texte 12

ESSAI

CHARLES BAUDELAIRE, « Éloge du maquillage » (1863)

Baudelaire (1821-1867) publie, dans Le Peintre de la vie moderne, *un éloge paradoxal du maquillage. Cet artifice, a priori synonyme de vanité, devient une tentative légitime pour s'éloigner de la nature, qui est liée à la laideur et au mal. Pour Baudelaire, l'artiste est celui qui a la prétention et l'audace de renier la nature, pour s'élever au rang de créateur.*

La plupart des erreurs relatives au beau naissent de la fausse conception du XVIIIe siècle relative à la morale. La nature fut prise dans ce temps-là comme base, source et type de tout bien et de tout beau possibles. La négation du péché originel ne fut pas pour

5 peu de chose dans l'aveuglement général de cette époque. Si toutefois nous consentons à en référer simplement au fait visible, à l'expérience de tous les âges et à la *Gazette des tribunaux*, nous verrons que la nature n'enseigne rien, ou presque rien, c'est-à-dire qu'elle *contraint* l'homme à dormir, à boire, à manger, et à se

10 garantir, tant bien que mal, contre les hostilités de l'atmosphère. C'est elle aussi qui pousse l'homme à tuer son semblable, à le manger, à le séquestrer, à le torturer ; car, sitôt que nous sortons de l'ordre des nécessités et des besoins pour entrer dans celui du luxe et des plaisirs, nous voyons que la nature ne peut conseiller

15 que le crime. C'est cette infaillible[1] nature qui a créé le parricide et l'anthropophagie, et mille autres abominations que la pudeur et la délicatesse nous empêchent de nommer. C'est la philosophie (je parle de la bonne), c'est la religion qui nous ordonne de nourrir des parents pauvres et infirmes. La nature (qui n'est pas autre

20 chose que la voix de notre intérêt) nous commande de les assommer. Passez en revue, analysez tout ce qui est naturel, toutes les actions et les désirs du pur homme naturel, vous ne trouverez

---

1. **Infaillible :** qui ne se trompe pas (ironique, ici).

rien que d'affreux. Tout ce qui est beau et noble est le résultat de la raison et du calcul. Le crime, dont l'animal humain a puisé le
25 goût dans le ventre de sa mère, est originellement naturel. La vertu, au contraire, est *artificielle*, surnaturelle, puisqu'il a fallu, dans tous les temps et chez toutes les nations, des dieux et des prophètes pour l'enseigner à l'humanité animalisée, et que l'homme, *seul*, eût été impuissant à la découvrir. Le mal se fait sans
30 effort, *naturellement*, par fatalité ; le bien est toujours le produit d'un art. Tout ce que je dis de la nature comme mauvaise conseillère en matière de morale, et de la raison comme véritable rédemptrice[1] et réformatrice, peut être transporté dans l'ordre du beau.

Texte 13 — POÈME

JULES LAFORGUE, *Des fleurs de bonne volonté* (1890), « Albums »

Jules Laforgue (1860-1887) est souvent lié au décadentisme, qui valorise l'artifice aux dépens de la nature. Son mal de vivre l'incite à chercher un Ailleurs. Il espère trouver son « âge d'or » en Amérique, ce Nouveau Monde lié à une certaine sauvagerie, qui fait naître l'espoir d'une liberté inconnue en Europe. Mais cet Ailleurs ne semble être qu'une illusion, une folie.

On m'a dit la vie au Far-West et les Prairies[2],
Et mon sang a gémi : « Que voilà ma patrie !… »
Déclassé du vieux monde, être sans foi ni loi,
Desperado[3] ! là-bas ; là-bas, je serais roi !…
5 Oh là-bas, m'y scalper de mon cerveau d'Europe !
Piaffer, redevenir une vierge antilope,
Sans littérature, un gars de proie, citoyen

---

1. Rédemptrice : qui conduit au salut, par le rachat du péché originel.
2. Prairies : grandes plaines d'Amérique du Nord.
3. *Desperado* : personne désespérée, capable de commettre des crimes sous l'effet de ce désespoir.

Du hasard et sifflant l'argot californien !
Un colon vague et pur, éleveur, architecte,
10   Chasseur, pêcheur, joueur, au-dessus des Pandectes[1] !
Entre la mer ; et les États Mormons[2] ! Des venaisons[3]
Et du whisky ! vêtu de cuir, et le gazon
Des Prairies pour lit, et des ciels des premiers âges
Riches comme des corbeilles de mariage !…
15   Et puis quoi ? De bivouac en bivouac, et la Loi
De Lynch[4] ; et aujourd'hui des diamants bruts aux doigts
Et ce soir nuit de jeu, et demain la refuite
Par la Prairie et vers la folie des pépites[5] !…
Et, devenu vieux, la ferme au soleil-levant,
20   Une vache laitière et des petits-enfants…
Et, comme je dessine au besoin, à l'entrée
Je mettrais : « Tatoueur des bras de la contrée ! »
Et voilà. Et puis, si mon grand cœur de Paris
Me revenait, chantant : « Oh ! pas encor guéri !
25   « Et ta postérité, pas pour longtemps coureuse !… »
Et si ton vol, Condor des Montagnes-Rocheuses,
Me montrait l'Infini ennemi du confort,
Eh bien, j'inventerais un culte d'Âge d'or,
Un code social, empirique[6] et mystique
30   Pour des Peuples Pasteurs modernes et védiques[7] !…

---

1. Pandectes : recueil de décisions (dans l'Antiquité romaine), lois.

2. Mormons : membres d'une secte religieuse, caractérisée par son attachement rigoureux aux valeurs traditionnelles. L'Utah, par exemple, à l'Ouest des États-Unis, est un État où la communauté mormone est importante.

3. Venaisons : viandes tirées de la chasse.

4. Loi de Lynch : jugement brutal que l'on exécute immédiatement (à l'origine du terme « lynchage »).

5. Allusion à la ruée vers l'or.

6. Empirique : conforme à l'expérience (et non à des valeurs abstraites).

7. Védiques : relatifs au sanskrit, langue sacrée de l'Inde ancienne.

Oh ! qu'ils sont beaux les feux de paille ! qu'ils sont fous,
Les albums ! et non incassables, mes joujoux !…

■ Au xxᵉ siècle : la mauvaise conscience du colonisateur

Au xxᵉ siècle, le « bon sauvage » laisse place au colonisé, considéré comme proche de la nature, vu presque à l'égal d'un animal, que l'on pourrait exploiter sans retenue. Cet homme opprimé, qui a fini par regagner sa liberté, donne aux Européens une leçon d'humilité : aucune civilisation n'est supérieure à une autre ; chacune d'entre elles a simplement suivi un chemin différent. L'universalisme, hérité des Lumières, ne doit pas conduire à imposer à tous un même modèle de développement, fondé sur les valeurs occidentales. L'Européen, qui s'est perdu dans sa course effrénée au progrès, aurait même beaucoup à apprendre de ces sociétés dites « primitives », censées ne pas être entrées dans l'Histoire. Dans un siècle traumatisé par l'horreur des conflits mondiaux et la brutalisation des mœurs qui les ont accompagnés, le développement des sciences et des techniques a montré ses limites. À quelles conditions peut-il se faire au bénéfice de l'homme ? Un humanisme contemporain, ouvert aux autres cultures et conscient que le progrès humain ne doit pas se poursuivre contre la nature, n'est-il pas à inventer ?

Texte 14

ROMAN

LOUIS-FERDINAND CÉLINE, *Voyage au bout de la nuit* (1932), © Éditions Gallimard

Bardamu, antihéros de Céline (1894-1961), est confronté au colonialisme, après avoir subi, en tant que soldat, l'expérience de la Première Guerre mondiale. La Compagnie Pordurière, dont le

nom évoque le cynisme, vampirise les hommes, comme l'a fait le conflit européen. Le xxᵉ siècle, pour Céline, est bien celui de la fin de l'illusion humaniste. L'Afrique n'est en aucun cas une échappatoire. La nature y fait de toute vie humaine un enfer.

Le tam-tam du village tout proche vous faisait sauter, coupé menu, des petits morceaux de patience. Mille diligents[1] moustiques prirent sans délai possession de mes cuisses et je n'osais plus cependant remettre un pied sur le sol à cause des scorpions, et des
5 serpents venimeux dont je supposais l'abominable chasse commencée. Ils avaient le choix les serpents en fait de rats, je les entendais grignoter les rats, tout ce qui peut l'être, je les entendais au mur, sur le plancher, tremblants, au plafond.

Enfin se leva la lune, et ce fut un peu plus calme dans la piaule.
10 On n'était pas bien en somme aux colonies. [...]

Le plus grand bâtiment de Fort-Gono[2], après le Palais du Gouverneur, c'était l'Hôpital. Je le retrouvais partout sur mon chemin ; je ne faisais pas cent mètres dans la ville sans rencontrer un de ses pavillons, aux relents lointains d'acide phénique[3]. Je
15 m'aventurais de temps en temps jusqu'aux quais d'embarquement pour voir travailler sur place mes petits collègues anémiques[4] que la Compagnie Pordurière se procurait en France par patronages[5] entiers. Une hâte belliqueuse[6] semblait les posséder de procéder sans cesse au déchargement et rechargement
20 des cargos les uns après les autres. « Ça coûte si cher un cargo sur rade ! » qu'ils répétaient sincèrement navrés, comme si c'était de leur argent qu'il se fût agi.

---

1. Diligents : rapides.

2. Fort-Gono : Douala, au Cameroun.

3. Acide phénique : phénol, produit chimique.

4. Anémiques : de constitution fragile, faibles.

5. Patronages : ensembles de personnes appartenant à des organisations destinées à accueillir les démunis ou les jeunes.

6. Belliqueuse : guerrière.

Ils asticotaient les débardeurs noirs avec frénésie. Zélés, ils l'étaient, et sans conteste, et tout aussi lâches et méchants que
25 zélés. Des employés en or, en somme, bien choisis, d'une inconscience enthousiaste à faire rêver. Des fils comme ma mère eût adoré en posséder un, fervents de leurs patrons, un pour elle toute seule, un dont on puisse être fier devant tout le monde, un fils tout à fait légitime.

30 Ils étaient venus en Afrique tropicale, ces petits ébauchés [1], leur offrir leurs viandes, aux patrons, leur sang, leurs vies, leur jeunesse, martyrs pour vingt-deux francs par jour (moins les retenues), contents, quand même contents, jusqu'au dernier globule rouge guetté par le dix millionième moustique.

35 La colonie vous les fait gonfler ou maigrir les petits commis, mais les garde ; il n'existe que deux chemins pour crever sous le soleil, le chemin gras et le chemin maigre. Il n'y en a pas d'autre. On pourrait choisir, mais ça dépend des natures, devenir gras ou crever la peau sur les os.

POÈME

Texte 15

AIMÉ CÉSAIRE, *Cahier d'un retour au pays natal* (1939), © Présence africaine Éditions, 1956

Césaire (1913-2008) est un écrivain antillais qui porte la voix des « nègres » et exprime leur aspiration à la liberté, comme d'autres écrivains noirs francophones du courant dit de la « négritude ». Son Cahier d'un retour au pays natal *est un cri de révolte face à l'oppression dont a été victime l'homme noir, auquel il veut rendre sa dignité.*

Il n'y a pas à dire : c'était un bon nègre.

Les Blancs disent que c'était un bon nègre, un vrai bon nègre, le bon nègre à son bon maître.

---

1. Ébauchés : individus mal finis, ébauches d'hommes.

Je dis hurrah !

5   C'était un très bon nègre,

la misère lui avait blessé poitrine et dos et on avait fourré dans sa pauvre cervelle qu'une fatalité pesait sur lui qu'on ne prend pas au collet ; qu'il n'avait pas puissance sur son propre destin ; qu'un Seigneur méchant avait de toute éternité écrit des lois d'interdic-
10   tion en sa nature pelvienne[1] ; et d'être le bon nègre ; de croire honnêtement à son indignité, sans curiosité perverse de vérifier jamais les hiéroglyphes fatidiques.

C'était un très bon nègre

et il ne lui venait pas à l'idée qu'il pourrait houer[2], fouir[3],
15   couper tout, tout autre chose vraiment que la canne insipide[4]

C'était un très bon nègre.

Et on lui jetait des pierres, des bouts de ferraille, des tessons de bouteille, mais ni ces pierres, ni cette ferraille, ni ces bouteilles...

Ô quiètes[5] années de Dieu sur cette motte terraquée[6] !

20   et le fouet disputa au bombillement[7] des mouches la rosée sucrée de nos plaies.

---

1. Pelvienne : relative au bassin (bas ventre).

2. Houer : labourer avec la boue.

3. Fouir : creuser le sol.

4. Insipide : sans saveur.

5. Quiètes : tranquilles.

6. Terraquée : composée de terre et d'eau. La motte terraquée est la Terre.

7. Bombillement : bourdonnement.

Texte 16

ESSAI

CLAUDE LÉVI-STRAUSS, *Tristes Tropiques* (1955), © Plon-Perrin ♦ 7ᵉ partie, chap. XXVII

Tristes Tropiques *rend compte des souvenirs d'une expédition au Brésil, en 1938, au cours de laquelle l'ethnologue Claude Lévi-Strauss (1908-2009) a partagé la vie des Nambikwara, un peuple indien. C'est pour lui l'occasion de réfléchir sur ce qu'est notre civilisation, jugée à l'aune des civilisations supposées « primitives ».*

Pour moi, qui les ai connus à une époque où les maladies intro-duites par l'homme blanc les avaient déjà décimés, mais où – depuis les tentatives toujours humaines de Rondon[1] – nul n'avait entrepris de les soumettre, je voudrais [...] ne rien
5 conserver dans la mémoire, que ce tableau repris de mes carnets de notes où je le griffonnai une nuit à la lueur de ma lampe de poche :
« Dans la savane obscure, les feux de campement brillent. Autour du foyer, seule protection contre le froid qui descend, derrière le frêle paravent de palmes et de branchages hâtivement
10 planté dans le sol du côté d'où on redoute le vent ou la pluie ; auprès des hottes emplies des pauvres objets qui constituent toute une richesse terrestre ; couchés à même la terre qui s'étend alen-tour, hantée par d'autres bandes également hostiles et craintives, les époux, étroitement enlacés, se perçoivent comme étant l'un
15 pour l'autre le soutien, le réconfort, l'unique secours contre les difficultés quotidiennes et la mélancolie rêveuse qui, de temps à autre, envahit l'âme nambikwara. Le visiteur qui, pour la première fois, campe dans la brousse avec les Indiens, se sent pris d'angoisse et de pitié devant le spectacle de cette humanité si
20 totalement démunie ; écrasée, semble-t-il, contre le sol d'une terre hostile par quelque implacable cataclysme ; nue, grelottante

---

1. Rondon : explorateur brésilien (1865-1958) qui découvre les Nambikwara. Il voulait leur apporter les bénéfices de la modernité, et en particulier le télé-graphe, sans mettre en péril leurs mœurs et coutumes.

auprès des feux vacillants. Il circule à tâtons parmi les broussailles, évitant de heurter une main, un bras, un torse, dont on
devine les chauds reflets à la lueur des feux. Mais cette misère est
25   animée de chuchotements et de rires. Les couples s'étreignent
comme dans la nostalgie d'une unité perdue ; les caresses ne
s'interrompent pas au passage de l'étranger. On devine chez tous
une immense gentillesse, une profonde insouciance, une naïve et
charmante satisfaction animale, et, rassemblant ces sentiments
30   divers, quelque chose comme l'expression la plus émouvante et la
plus véridique de la tendresse humaine. »

Denis Diderot (1713-1784), l'esprit des Lumières

*Diderot est l'un des auteurs majeurs du siècle des Lumières. L'*Encyclopédie, *qu'il dirige avec d'Alembert (1717-1783), est un projet monumental, à l'image de son ambition : comprendre le monde, s'exprimer sur tous les sujets importants de son siècle et dans tous les genres littéraires. Son œuvre originale et diverse est à l'origine de polémiques nombreuses et violentes. La liberté de penser, pour Diderot, est un combat.*

UNE JEUNESSE INSOUMISE

1 • Les incertitudes d'une vocation

• Diderot naît à Langres le 5 octobre 1713. Il appartient à un milieu bourgeois et religieux, qui le destine à la **prêtrise**.

• Mais Diderot entre très vite en conflit avec sa famille. Après y avoir commencé ses études dans un **collège jésuite**, il quitte Langres en 1728. À Paris, il obtient une **maîtrise ès arts**. Il renonce définitivement à la théologie.

2 • Une vie de bohème

• Son père ne lui donne plus d'argent. Il doit alors faire **divers petits métiers pour survivre : clerc de procureur, précepteur...** Au cours de ces années d'une existence difficile et instable, il découvre le théâtre, qui le passionne, et les **idées des Lumières**. En 1742, il rencontre Condillac (1714-1780) et Jean-Jacques Rousseau (1712-1778), avec lequel il entretient une véritable amitié, jusqu'à leur brouille en 1758.

• Il revient à Langres en 1742 pour obtenir de son père l'autorisation d'épouser Anne-Antoinette Champion. Refusant catégoriquement cette demande, ce dernier le fait enfermer dans un couvent, dont Diderot s'échappe. En 1743, **il se marie secrètement** avec celle qu'il aime.

UNE PENSÉE LIBRE ET AUDACIEUSE

1 • De la traduction à l'écriture

• Diderot publie d'abord des **traductions**. L'adaptation des *Principes de philosophie morale ou Essai sur le mérite et la vertu* (1745) du philosophe anglais Shaftesbury (1671-1713) est pour lui une première occasion importante de réfléchir à des questions de morale.

- **En 1746, il publie clandestinement** une œuvre plus personnelle : des *Pensées philosophiques*, qui sont condamnées par le Parlement, car considérées comme contraires aux principes de la morale et de la religion.

- Dans la *Lettre sur les aveugles à l'usage de ceux qui voient* (1749), il montre que nos connaissances, ainsi que nos conceptions morales et religieuses, ne sont pas absolues, mais qu'elles **dépendent de nos sens**. Sa **pensée matérialiste** lui vaut d'être **emprisonné**.

2 • L'*Encyclopédie* (1751-1772), le projet d'une vie

- En 1747, Diderot commence à travailler à l'*Encyclopédie*, avec le soutien de **d'Alembert**. Le projet initial, qui était la traduction de la *Cyclopaedia* de l'anglais Chambers (1680-1740), s'élargit considérablement : il s'agit de faire « **un tableau général des efforts de l'esprit humain dans tous les domaines et dans tous les siècles.** » (Diderot, *Prospectus de l'Encyclopédie*, 1750) L'ouvrage accorde une place importante aux arts, aux sciences et aux métiers, avec une **ambition à la fois critique et pédagogique**.

- Le premier volume de l'*Encyclopédie* paraît en 1751. L'œuvre comporte finalement **dix-sept volumes de textes et dix volumes de planches**. Les plus grands esprits des Lumières y participent.

- L'*Encyclopédie* se heurte à de **nombreuses oppositions** : les pouvoirs religieux et politique la combattent. Elle est même **censurée** par Le Breton, son éditeur, à l'insu de Diderot. Elle voit le jour grâce à la persévérance de ce dernier, à divers soutiens et à l'argent des souscripteurs, qui versent à l'avance le prix de l'ouvrage.

3 • Une philosophie matérialiste

- En 1755, **Louise-Henriette Volland**, une femme d'esprit, que Diderot appelle Sophie, devient sa maîtresse. Cette liaison est à l'origine d'une riche **correspondance** (1755-1759), à la fois amoureuse et philosophique.

- Parallèlement à son travail sur l'*Encyclopédie*, Diderot publie les *Pensées sur l'interprétation de la nature* (1753), dont la dédicace « aux jeunes gens qui se disposent à l'étude de la philosophie naturelle » souligne son ambition de **vulgariser les savoirs**.

- Dans *Le Rêve de d'Alembert* (1769), il développe une conception de l'univers opposée aux explications religieuses ou idéalistes, qui affirment la prédominance de l'esprit sur la réalité concrète. Pour lui, **seule la matière existe**. Le **mouvement** et la **sensibilité** sont les propriétés qui lui permettent d'évoluer. L'homme n'est que l'un des multiples produits possibles de cette évolution.

LA DIVERSITÉ DE L'ŒUVRE LITTÉRAIRE

1 • L'invention du drame bourgeois

● Au théâtre, Diderot renouvelle la dramaturgie classique, en définissant les caractéristiques du **drame bourgeois**. Il veut être plus proche du réel et faire naître l'**émotion**, pour guider le spectateur sur la voie de la **vertu**.

● En 1757, il publie *Le Fils naturel*, qui illustre les théories développées dans les *Entretiens sur le fils naturel*. *Le Père de famille* (1758), pièce accompagnée d'un *Discours sur la poésie dramatique*, un essai sur le théâtre et la création, est jouée pour la première fois à la Comédie-Française en 1761.

● Diderot s'intéresse également au **jeu de l'acteur** dans le *Paradoxe sur le comédien* (rédigé entre 1773 et 1780, publié à titre posthume en 1830).

2 • Diderot, critique d'art

● En 1759, Diderot rédige son **premier salon**, un **compte rendu d'exposition** destiné à la *Correspondance littéraire*, périodique dirigé par son ami Grimm (1723-1807). Il écrit de nombreux salons jusqu'en 1781.

● **Chardin** (1699-1779), **Greuze** (1725-1805) et **Van Loo** (1705-1765) font partie des peintres dont il commente les œuvres avec un point de vue subjectif, qui nous éclaire sur ses principes esthétiques.

3 • Des récits originaux

● En 1760, Diderot dénonce avec *La Religieuse* (récit publié en 1796) les restrictions que la religion fait peser sur la liberté individuelle. Il commence à écrire *Le Neveu de Rameau* (texte publié en 1891) deux ans plus tard : « lui », Jean-François Rameau, neveu du compositeur Jean-Philippe Rameau (1683-1764), et « moi » y conversent sur des questions d'esthétique et de morale. *Jacques le fataliste* (1765-1778), qui propose un récit fait de multiples digressions, dans lequel l'auteur et le lecteur sont de véritables personnages, est une réflexion sur la liberté et ses éventuelles limites.

● Suite à la parution du *Voyage autour du monde de Bougainville* (1771), Diderot pense écrire un compte rendu de lecture pour la *Correspondance littéraire* de

Grimm. Le texte devient une œuvre originale, le *Supplément au Voyage de Bougainville*, qu'il insère dans un triptyque, composé aussi de *Ceci n'est pas un conte* et de *Madame de La Carlière* (1773).

DERNIÈRES ANNÉES

1 • Des voyages

● Diderot a une relation privilégiée avec **Catherine II de Russie** (1729-1796), qui fait partie des **despotes éclairés**, c'est-à-dire des dirigeants guidés par les principes des Lumières, soucieux de l'intérêt de leur peuple. Catherine II l'aide financièrement et le soutient. Il lui vend même sa bibliothèque.

● En 1773, il part pour la Hollande et la **Russie**, où il la rencontre longuement. Il revient à Paris en 1774, sans illusion sur la capacité de la souveraine à entreprendre les réformes nécessaires.

2 • Dernières œuvres

● Diderot publie encore quelques œuvres, dont l'*Entretien d'un philosophe avec la Maréchale* de * * * (1776) et un *Essai sur les règnes de Claude et de Néron* (1778-1782), une réflexion sur les rapports entre le philosophe et le tyran.

● **Il meurt** d'une attaque d'apoplexie **le 31 juillet 1784**, à Paris, quelques mois après Sophie Volland, morte le 22 février de la même année.

De Bougainville à Diderot : histoire d'un récit de voyage

Diderot, en écrivant le Supplément au Voyage de Bougainville, *s'appuie sur le compte rendu que lui a inspiré la lecture du* Voyage autour du monde *(1771) de Bougainville. Il rend d'ailleurs un hommage appuyé au navigateur. Mais il ne fait pas qu'ajouter quelques remarques au récit de voyage, pour prolonger le plaisir du dépaysement. Il crée une œuvre originale, qui interroge le lecteur sur les valeurs morales sur lesquelles repose la civilisation européenne.*

BOUGAINVILLE (1729-1811), LE DESTIN EXCEPTIONNEL D'UN NAVIGATEUR

1 • « Je n'entends rien à cet homme-là[1] »

• Né à Paris le 12 novembre 1729, Louis Antoine de Bougainville fait des **études de droit et de mathématiques** : il publie même un *Traité du calcul intégral* (1754-1756). Il devient **avocat** au Parlement de Paris.

• Il ne passe pas brutalement de cette activité intellectuelle au « métier actif, pénible, errant et dissipé de voyageur » (p. 8). Il s'engage en effet très tôt dans une **carrière militaire**. En 1756, il participe à une **expédition envoyée par Louis XV pour maintenir l'influence française au Canada** face aux Anglais, et tout particulièrement en Nouvelle-France, l'actuel Québec. Il prend part aux combats et découvre l'art de la navigation.

• En 1763, il tente d'établir une **colonie aux îles Malouines**. Mais il doit restituer ce territoire aux Espagnols, qui le cèdent à leur tour aux Britanniques.

2 • Le voyage autour du monde

• Le 15 novembre 1766, Bougainville part de Nantes pour un **tour du monde** avec la **frégate** *La Boudeuse*. La **flûte** *L'Étoile* le rejoint quelques mois plus tard à Rio de Janeiro. Après avoir franchi le détroit de Magellan, il fait **escale à Tahiti**, qui a été découverte en juin 1767 par l'Anglais Samuel Wallis (1728-1795). Son séjour ne dure qu'une dizaine de jours (avril 1768). Il quitte l'île avec un jeune Tahitien, **Aotourou**, qui l'accompagne à Paris. La difficulté et la longueur de son voyage l'obligent à

---

1. C'est la déclaration de A, qui dialogue avec B sur la personnalité du navigateur, dans le « Jugement du Voyage de Bougainville » (chap. I du *Supplément au Voyage de Bougainville*).

s'arrêter aux Moluques, pour se ravitailler. Il accoste en France, à **Saint-Malo**, le 16 mars **1769**.

● Bougainville a une **ambition scientifique** : il veut **faire progresser la connaissance** de nouveaux territoires. Il est accompagné, entre autres savants, par **Philibert Commerson** (1727-1773), un naturaliste qui découvre une fleur à laquelle il donne le nom du capitaine de l'expédition : la bougainvillée.

● En 1771, il publie le récit de son périple, qu'il intitule *Voyage autour du monde par la frégate du roi La Boudeuse, et la flûte L'Étoile en 1766, 1767, 1768 et 1769*. C'est un succès : le public est frappé par sa description des mœurs de Tahiti.

3 • Derniers engagements

● Il participe encore à la **guerre d'Indépendance des États-Unis (1776-1783)**. Dans la bataille de la baie de Chesapeake (1781), il contribue même à mettre en échec la flotte anglaise.

● Pendant la Révolution, bien qu'il reste fidèle à Louis XVI, **il échappe à la Terreur** et poursuit son activité scientifique. Napoléon le nomme **sénateur en 1799**, puis **comte d'Empire en 1808**. À sa **mort à Paris, le 20 août 1811**, son corps est transféré au Panthéon.

LA GENÈSE DU *SUPPLÉMENT AU VOYAGE DE BOUGAINVILLE*

1 • Un « supplément » ?

● En 1771, Diderot écrit un **compte rendu de sa lecture** du récit de Bougainville, destiné à être publié dans la *Correspondance littéraire*, un périodique diffusant les idées des Lumières et destiné à des lecteurs choisis, en nombre restreint, pour éviter la censure.

● Diderot y fait de véritables **commentaires de l'œuvre du navigateur**, pour laquelle il exprime son respect : « Voici le seul voyage dont la lecture m'ait inspiré du goût pour une autre contrée que la mienne. » Il en fait aussi le **prétexte à une réflexion sur l'homme à l'état de nature et sur la civilisation**.

● C'est à partir de ce compte rendu, qui n'est pas publié, que Diderot écrit le *Supplément au Voyage de Bougainville*. Il y développe son propos, introduit des dialogues, crée des chapitres, tout en se plaçant dans la **continuité du récit de Bougainville**. Le titre désigne en effet son texte comme un simple « supplément ».

L'œuvre paraît dans la **Correspondance littéraire en quatre parties, de septembre 1773 à avril 1774**. Elle n'est publiée en volume qu'en 1796.

2 • Une œuvre à part entière

• Pour écrire le *Supplément au Voyage de Bougainville*, Diderot ne s'appuie que sur quelques chapitres consacrés à Tahiti dans le *Voyage autour du monde* de Bougainville. Il écrit donc une **œuvre dont l'ambition est moins narrative que polémique et philosophique**. Le sous-titre, *Dialogue entre A et B sur l'inconvénient d'attacher des idées morales à certaines actions physiques qui n'en comportent pas*, annonce que l'enjeu essentiel de son texte est de porter un **regard critique sur la condamnation de la sexualité par la morale traditionnelle et par la religion**.

• Les questions de morale sont au cœur d'un **triptyque dont le *Supplément au Voyage de Bougainville* est la conclusion**, et qui est aussi composé de *Ceci n'est pas un conte* (avril 1773) et de *Madame de La Carlière* (mai 1773), sous-titré *Sur l'inconséquence du jugement public de nos actions particulières*. Diderot insiste sur l'**unité entre ces trois textes, qui mettent en cause le caractère incontestable et absolu des valeurs**, et en particulier du bien et du mal.

• Dans le *Supplément au Voyage de Bougainville*, **A rappelle** d'ailleurs **les personnages des deux textes précédents** : Madame Reymer et Tanié, Gardeil et Mademoiselle de La Chaux (*Ceci n'est pas un conte*), ainsi que Desroches et Madame de La Carlière (*Madame de La Carlière*) (p. 77). Il souligne qu'aucun Tahitien n'est aussi corrompu ou aussi malheureux que ces personnages. Après avoir brossé un **sombre tableau des mœurs** européennes, Diderot semble donc vouloir consoler son lecteur, en lui suggérant qu'**ailleurs, un autre mode de vie est possible**.

Les Lumières : des idées et des combats nouveaux

Après la difficile fin de règne de Louis XIV, la Régence[1] (1715-1723) est un temps où le pouvoir semble plus faible et la liberté plus grande. Les philosophes des Lumières, un mouvement qui touche toute l'Europe, témoignent de cet esprit nouveau. Montesquieu (1689-1755), Voltaire (1694-1778), Rousseau (1712-1778), Diderot (1713-1784) combattent les préjugés et l'obscurantisme. Soucieux d'éclairer les esprits, ils défendent le rationalisme, la liberté et la justice, au nom du progrès, susceptible de guider les hommes vers le bonheur

LE PROGRÈS DES CONNAISSANCES

1 • La confiance en la raison et en l'éducation

- Les écrivains des Lumières sont **rationalistes** : ils pensent que la raison est le mode d'accès privilégié des hommes à la connaissance. Fontenelle (1657-1757), dans l'*Histoire des oracles* (1687), se moque des savants qui ont cru qu'une dent pouvait être en or. Il importe de procéder aux vérifications nécessaires avant de prétendre détenir la vérité. Le savoir est aussi une question de **méthode**.

- Pour les philosophes, l'**esprit critique** devrait s'exercer librement, dans tous les domaines. Aucune entrave à la **liberté de pensée**, en particulier par la censure, ne saurait être tolérée. Diderot, dans la *Lettre sur le commerce de la librairie* (1763), démontre l'absurdité de l'interdiction de publier : « plus elle est sévère, plus elle hausse le prix du livre, plus elle excite la curiosité de le lire, plus il est acheté, plus il est lu. »

- Cette confiance en la raison est indissociable d'une réflexion sur la transmission des connaissances. L'**éducation** ne doit pas garantir l'obéissance à la tradition, mais la **capacité des hommes à penser par eux-mêmes**. Rousseau définit dans *Émile ou De l'éducation* (1762) une pédagogie censée préserver l'autonomie et l'innocence naturelle de l'enfant. L'éducation n'est pas une corruption.

---

1. En 1715, à la mort de Louis XIV, Louis XV, héritier de la couronne, n'a que cinq ans. C'est Philippe d'Orléans qui assure la Régence jusqu'en 1723, date à laquelle le roi atteint sa majorité et peut donc exercer le pouvoir par lui-même.

2 • De grandes découvertes

• L'époque est marquée par des **progrès scientifiques importants**. En 1749, le naturaliste **Buffon** (1707-1788) publie son *Histoire naturelle*, dans laquelle il recense les connaissances de l'époque relatives aux êtres vivants. Le *Traité de chimie* (1789) de **Lavoisier** (1743-1794) ouvre la voie à la chimie moderne.

• L'*Encyclopédie ou Dictionnaire raisonné des sciences, des arts et métiers* (1751-1772) a l'ambition de rendre compte de ces progrès dans les sciences et les techniques, pour **lutter contre l'ignorance**. Voltaire a conscience de la portée historique de ce projet, dont il fait « le premier exemple et le dernier peut-être sur la terre qu'une foule d'hommes supérieurs se soient empressés [...] à former ce dépôt immortel des connaissances de l'esprit humain ». (« Sur l'*Encyclopédie* », lettre VIII, 1767)

• Les **voyages** de **Wallis** (1728-1795), **Bougainville** (1729-1811) ou **Cook** (1728-1779), contribuent, pour les hommes de l'époque, à une **meilleure compréhension du monde**. Ils permettent de développer la cartographie, la connaissance de la faune et de la flore, entre autres. En faisant découvrir d'autres civilisations, ils sont aussi à l'origine d'une leçon de **relativisme** : les écrivains et philosophes des Lumières prennent conscience que des mœurs et des lois différentes de celles de l'Europe sont susceptibles de garantir le bonheur des hommes. Le personnage du « **bon sauvage** » devient un lieu commun philosophique et littéraire (→ anthologie, p. 93-101).

LA DÉFENSE DE LA LIBERTÉ ET DE LA JUSTICE

1 • Contre la tyrannie

• La plupart des écrivains des Lumières soutiennent la monarchie, dont ils critiquent toutefois les excès et les dérives. Ils considèrent que les **privilèges** ne peuvent plus être fondés sur la naissance, mais qu'ils doivent être légitimés par le mérite. **Le pouvoir doit également avoir des limites**, « car l'homme ne peut ni ne doit se donner entièrement et sans réserve à un autre homme » (Diderot, *Encyclopédie*, article « Autorité politique », 1751).

• À la monarchie absolue de droit divin, qui fait du roi le détenteur exclusif d'un pouvoir qu'il tiendrait de Dieu, ils préfèrent le **despotisme éclairé**. Ils demandent au souverain de favoriser le bonheur de son peuple, en soutenant le progrès économique et l'enseignement. **Catherine II de Russie** (1729-1796) pour Diderot, et **Frédéric II de Prusse** (1712-1786) pour Voltaire, sont des despotes éclairés.

2 • Contre l'injustice

• Pour la justice du XVIIIe siècle, les aveux sont essentiels à la condamnation d'un suspect. La **torture**, ou «**question**», est destinée à les obtenir. Les écrivains des Lumières, parfois victimes eux-mêmes des rigueurs de la justice, en dénoncent le caractère **barbare et archaïque**. Voltaire s'exclame, dans l'article «Torture» du *Dictionnaire philosophique portatif* (1764-1769): «Malheur à une nation qui, étant depuis longtemps civilisée, est encore conduite par d'anciens usages atroces!»

• Voltaire dénonce l'**arbitraire de la justice** en prenant position dans des grandes affaires de son temps. Dans son *Traité sur la tolérance* (1763), il défend le protestant **Jean Calas**, condamné à tort pour l'assassinat de son fils, qu'il aurait voulu empêcher de se convertir au catholicisme. Voltaire obtient la **réhabilitation** de Calas.

• Dans le *Supplément au Voyage de Bougainville*, l'**histoire de Polly Baker** (p. 44-48) témoigne aussi de l'intérêt de Diderot pour la justice: une femme montre seule que chacun doit pouvoir défendre son innocence et mettre en cause l'hypocrisie des juges, trop souvent au service des puissants.

LA FOI EN LA TOLÉRANCE

1 • Les abus de l'Église

• Les écrivains des Lumières sont souvent **anticléricaux**. Diderot n'échappe pas à cette méfiance à l'égard du clergé, exprimée dans *La Religieuse* (roman paru en 1796), qui rend compte de l'histoire de Suzanne, contrainte d'entrer au couvent, où elle est maltraitée. Dans le *Supplément au Voyage de Bougainville*, l'aumônier est également l'objet d'un discours caractéristique des critiques qui frappent les hommes d'Église: il abuse de son influence en imposant aux autres une morale qui nie les exigences de la nature; **il ne mérite pas le respect** car, ne travaillant pas, il n'a aucune utilité sociale.

• **L'Église est considérée comme un soutien au pouvoir politique**. Elle contribue à justifier l'oppression du peuple et les restrictions à la liberté de pensée. Elle se situe d'ailleurs le plus souvent dans le camp des ennemis des Lumières. Dans la colonisation, **le souci de l'évangélisation la place à côté du conquérant**. Le vieillard du *Supplément au Voyage de Bougainville* dénonce l'alliance entre l'Européen avec un «morceau de bois» à la ceinture (une croix) et celui avec le «fer» (une épée).

2 • Une foi renouvelée

● Le mot d'ordre de Voltaire «**Écrasons l'infâme**» montre l'opposition des Lumières aux superstitions et aux excès inspirés par la foi. Les **guerres de religion**, en particulier, sont condamnées comme un symptôme de maladie de l'Histoire. Le seul remède en est la **tolérance**, qui impose de mettre à distance les différences entre les croyances, pour considérer surtout ce qui unit les hommes. Dans son *Traité sur la tolérance*, Voltaire adresse à Dieu cette prière: «Puissent tous les hommes se souvenir qu'ils sont frères!»

● Beaucoup de philosophes défendent un rapport à Dieu plus direct, rendu possible par le **déisme**. Ils croient en un Dieu «horloger», qui ferait fonctionner la mécanique de l'univers, sans vraiment intervenir dans les affaires des hommes[1], et que la raison humaine pourrait comprendre.

● Diderot, Helvétius (1715-1771), d'Holbach (1723-1789), par exemple, s'éloignent toutefois plus radicalement de la foi. Pour eux, seule l'existence de la **matière** est incontestable et permet de rendre compte de l'organisation du monde. Ils dissocient également la religion et la morale, considérant que **l'athée peut être vertueux**.

---

1. Le théisme est une autre croyance qui reconnaît, au contraire, l'influence de Dieu dans le monde.

Le dialogue : la philosophie sur le ton de la conversation

L'œuvre de Diderot est caractérisée par une structure complexe : le dialogue et le récit s'y mêlent, et de nombreuses digressions interrompent le cours de la réflexion. Le lecteur peut donc avoir l'impression d'une certaine absence d'unité. Le dialogue, forme souvent choisie par Diderot[1], a pourtant une importance particulière : situé à la fois en introduction et en conclusion du texte, il est propice à la confrontation des points de vue. Témoignant d'un questionnement libre, souple et séduisant, qui propose des pistes de réflexion, sans jamais imposer de réponse, il a une fécondité à la fois littéraire et philosophique.

UNE CONVERSATION PLAISANTE ET ANIMÉE

1 • Une esthétique du naturel

• Le dialogue tente de reproduire **la spontanéité et le naturel d'une conversation**. B fait l'éloge du style « sans apprêt » (p. 9) de Bougainville dans son récit. Diderot privilégie lui-même une **esthétique à « sauts et à gambades »** (Montaigne, *Essais*, III, IX), à la manière des *Essais* de Montaigne (1533-1592).

• Dans l'œuvre, il semble donc suivre sa fantaisie, plus que le fil rigoureux d'une argumentation. B, qui suggère à A de « parcourir » avec lui le *Supplément* (p. 17), ne l'invite pas à un voyage en ligne droite : comme Bougainville, les deux hommes vont suivre **un itinéraire** figuré par une « ligne de points rouges » (p. 9), **fragmentaire et pluriel lorsqu'on en considère chaque étape, mais cohérent, lorsqu'on regarde l'ensemble.** Pour celui qui a l'intelligence de se placer à la bonne distance, une somme de points forme en effet une ligne.

• L'échange entre A et B comporte des **interruptions** et des **digressions**, qui maintiennent l'intérêt du lecteur en éveil, tout en permettant d'approfondir la réflexion. La digression la plus importante est l'**histoire de Polly Baker** : A interrompt le dialogue entre Orou et l'aumônier pour demander à B des précisions sur

---

1. Voir *Le Rêve de d'Alembert* (1769), l'*Entretien d'un père avec ses enfants* (1771), l'*Entretien d'un philosophe avec la maréchale de **** (1776). Même les œuvres romanesques de Diderot, comme *Jacques le fataliste* (1765-1778), sont dominées par le dialogue, en partie à l'image des pièces de théâtre qu'il a écrites.

une note en marge du texte. Il prie ensuite ce dernier de lui « rappeler une aventure arrivée dans la Nouvelle Angleterre » (p. 44). Cette digression, qui dénonce les mœurs de l'Amérique puritaine, constitue un **contrepoint au discours d'Orou sur la liberté des mœurs tahitiennes**.

2 • Un échange léger et mondain

• La forme du dialogue donne à la réflexion le **ton d'une conversation enjouée**, comme il s'en tenait dans les **salons**, lieux d'échange pour la société cultivée de l'époque. Diderot a en effet d'emblée le souci de **plaire** : le dialogue entre A et B commence *in medias res* : le lecteur est introduit dans une conversation en cours, qui porte sur des questions météorologiques[1]. Le texte inspire même parfois le **rire**. La répétition des exclamations « Mais ma religion ! mais mon état ! » (p. 60) fait de l'**aumônier un personnage comique**.

• Le discours sur les **femmes** donne à l'œuvre une certaine légèreté. Diderot insiste certes sur le caractère naturel du désir, mais les lecteurs peuvent voir dans l'évocation de « l'hospitalité » des Tahitiennes une **dimension libertine** (→ thème et documents 2, p. 145). Ils sont également invités à rire des femmes, « ces frêles machines-là » (p. 28), capables de dire le contraire de ce qu'elles pensent, comme l'affirme A en conclusion de l'œuvre (p. 78).

3 • L'importance de l'émotion

• Pour Diderot, un raisonnement qui s'appuie sur la sensibilité et les émotions est plus efficace qu'un discours abstrait. La harangue du vieux Tahitien est marquée par le **registre pathétique**. L'anaphore du verbe « voir » crée un **effet de tableau, qui inspire la compassion** : « vois les malheureuses compagnes de nos plaisirs ; vois leur tristesse » (p. 25).

• Le discours du vieux Tahitien aux Européens constitue également une violente **diatribe**. Les questions rhétoriques, les répétitions et les apostrophes, entre autres procédés, caractérisent le **registre polémique**. En s'adressant aux Tahitiens, le vieillard adopte même le ton sombre de la **prophétie** : « Un jour ils reviendront [...]. Un jour vous servirez sous eux, aussi corrompus, aussi vils, aussi malheureux qu'eux. » (p. 19-20).

1. Ces considérations sur le temps assurent le lien entre *Madame de La Carlière*, qui se termine ainsi, et le *Supplément au Voyage de Bougainville* (voir repère 2, p. 121).

UNE FORME ADAPTÉE À LA RECHERCHE DE LA VÉRITÉ

1 • Une structure enchâssée

• L'œuvre de Diderot est en fait bien structurée, afin de servir son argumentation. Le dialogue entre A et B, qui occupe les premier et dernier chapitres, a une **fonction encadrante**. L'introduction est proche d'une scène d'exposition : elle présente Bougainville et son voyage, ainsi que les enjeux essentiels du débat. En conclusion, il s'agit de répondre à cette question, que pose A : «quelles conséquences utiles à tirer des mœurs et des usages bizarres d'un peuple non civilisé ?» (p. 63)

• Les chapitres II à IV laissent **la parole aux Tahitiens, mise en valeur au centre de l'œuvre** : le vieillard et Orou, qui dialogue avec l'aumônier[1], y dénoncent les excès coupables de l'Europe. Par un effet de **mise en abyme**, ces chapitres sont désignés comme un « Supplément » au *Voyage* de Bougainville. Le « préambule qui ne signifie rien » (p. 17) est bien le premier chapitre, le dialogue entre A et B, que Diderot juge avec une plaisante ironie.

2 • La recherche de la vérité

• Dans le dialogue, **B sert de guide à A, dont la curiosité est à l'image de celle du lecteur**. Il lui fait découvrir un texte qu'il connaît déjà et auquel il lui demande de croire. Il affirme en effet : «Ce n'est point une fable» (p. 17). Diderot, qui se préoccupe toujours de la **vulgarisation des savoirs**, refuse le mensonge : le lecteur ne doit pas abdiquer tout esprit critique face aux histoires qui lui sont racontées.

• Diderot inscrit donc son propos dans un **cadre spatio-temporel réaliste**. A et B tiennent leur conversation en France, après la publication de l'ouvrage de Bougainville, probablement en 1772, durant un après-midi. Le discours du vieux Tahitien et le dialogue entre Orou et l'aumônier se situent à Tahiti, en avril 1768.

3 • La mise en cause des certitudes

• Diderot, qui n'exclut pas la fiction, n'hésite toutefois pas à s'éloigner du récit de Bougainville. L'œuvre est parfois rapprochée du **conte philosophique**. Mais Diderot refuse tout enfermement dans un genre précis[2] et joue avec la dimension

---

1. Ce dialogue s'inspire en partie des *Dialogues avec un Sauvage* (1704) de Lahontan, où l'auteur échange avec Adario, un Huron, membre d'un peuple de l'est du Canada.

2. Il donne par exemple à l'une de ses œuvres le titre suivant : *Ceci n'est pas un conte* (1772).

fictive de son texte, en la dénonçant parfois comme telle. A fait cette remarque, après le discours du vieux Tahitien : «il me semble y retrouver des idées et des tournures européennes. » (p. 26) Il montre ainsi qu'**il n'est pas dupe** : le vieillard n'est que le porte-parole de Diderot.

• Dans l'Antiquité, Socrate, avec la **maïeutique** ou l'art de faire «accoucher» les âmes, fait du dialogue un instrument majeur de la quête philosophique. En ne délivrant **pas de conclusion morale explicite**, Diderot montre également qu'il accorde plus d'importance au questionnement et à la critique qu'aux réponses. Il met cependant en cause toutes les certitudes du lecteur, qui peut s'identifier aux Européens aussi bien qu'aux sauvages. La plaisanterie finale masquerait la véritable leçon de l'œuvre : même lorsque le «brouillard épais » (p. 77) s'est dissipé, **il est illusoire de prétendre atteindre la vérité**. A, en élève attentif, a compris l'essentiel : on ne peut conclure que sur un «peut-être » (p. 78).

Les personnages : colonisés et colonisateurs

Dans son œuvre, Diderot présente différents personnages, sans vraiment se soucier ni de vraisemblance, ni de psychologie. A et B ont une importance particulière, car c'est leur conversation qui est à l'origine de la réflexion sur les mœurs européennes et la colonisation. Mais les autres personnages n'ont d'intérêt que pour l'argumentation qu'ils développent : les Européens sont de bien faibles défenseurs de l'Europe, alors que les « sauvages » sont éloquents et sages.

A ET B, DES PHILOSOPHES DES LUMIÈRES

1 • Deux amis

• Les **deux lettres, qui identifient ces personnages**, leur donnent des rôles bien distincts. **A multiple les questions à B**. Il veut avoir des éclaircissements sur Bougainville, ainsi que sur certains phénomènes, comme la présence d'animaux sur des îles très éloignées de toute terre. Il lui demande : « Et vous, comme l'expliquez-vous ? » (p. 11) Il est **curieux et respectueux des raisonnements de B**.

• B, qui occupe son temps à lire, à cause du mauvais temps, répond volontiers aux questions de son ami. Il assume son rôle de **maître**, qui fait « un cours de morale galante » (p. 67), lorsque B l'interroge sur la pudeur. Il lui présente également « l'histoire abrégée de presque toute notre misère » (p. 72). Dans les dernières répliques, **les rôles semblent toutefois se rééquilibrer** : B pose des questions et A, qui a même le dernier mot de l'œuvre, maîtrise davantage le dialogue.

2 • Deux philosophes

• A et B sont **deux hommes cultivés, qui s'interrogent sur les fondements de la civilisation européenne**. Ils se montrent très critiques à l'égard des lois religieuses et civiles, qui ne s'appuient pas sur la loi de nature. B refuse d'affirmer qu'il préfère l'état de nature à l'état de société et ne semble pas dénoncer le principe de la colonisation. Il reconnaît l'utilité de l'expédition de Bougainville, qui a permis des progrès, et en particulier « une meilleure connaissance de notre vieux domicile » (p. 9). Il n'en évoque pas moins avec sévérité les « cruels Spartiates en jaquette noire » (p. 13), c'est-à-dire les jésuites, qui ont imposé leur pouvoir au Paraguay.

• Les deux personnages se rejoignent aussi dans la conclusion qu'ils proposent. B donne ce conseil de **prudence** : « Imitons le bon aumônier, moine en France, sauvage dans Taïti. », que A se réapproprie : « Prendre le froc du pays où l'on va, et garder celui du pays où l'on est. » (p. 77) A et B ne sont **pas des révolutionnaires**. Ils savent que la société ne rend pas l'homme heureux, mais que l'ambition de la réformer suppose d'avoir de la patience et le sens des responsabilités.

LE MANQUE DE SAGESSE DES EUROPÉENS

1 • Bougainville : la violence de la colonisation

• B reconnaît à Bougainville de nombreuses qualités : il a « de la philosophie, du courage, de la véracité ; un coup d'œil prompt qui saisit les choses et abrège le temps des observations ; de la circonspection, de la patience, le désir de voir, de s'éclairer et d'instruire » (p. 9). Bougainville est parti à Tahiti avec de **louables intentions**. B le considère comme un **homme des Lumières, curieux et désireux de transmettre des connaissances**.

• Bougainville s'est toutefois mis au service d'une entreprise de colonisation qui ne semble guidée que par la **cupidité** et le **désir de pouvoir**. Le vieillard, qui l'interpelle directement à la deuxième personne, le voit donc comme un homme **violent, cynique et sans scrupules**, qui a dénaturé les mœurs des Tahitiens. Il lui demande finalement de partir, en le maudissant : « éloigne-toi ; va, et puissent les mers coupables qui t'ont épargné dans ton voyage s'absoudre, et nous venger en t'engloutissant avant ton retour ! » (p. 26)

2 • L'aumônier : la folie de l'Église

• Bougainville était vraiment accompagné par un moine, appelé Jean-Baptiste Lavaisse. Le vieillard dénonce « **cet homme noir** » (p. 24) aux côtés du navigateur, qui introduit à Tahiti une **pudeur inconnue**. Diderot invente néanmoins un personnage original. Il fait de l'aumônier un homme de 35 ans, qui habite chez Orou.

• L'aumônier refuse d'abord les offres des filles de son hôte : il rappelle que la sexualité lui est interdite, ce qu'Orou ne comprend pas. Il tente maladroitement de lui expliquer les exigences de la religion. Mais il a surtout une fonction de **faire-valoir d'Orou**. Il finit d'ailleurs par accepter de se soumettre à la « politesse » de Tahiti. Ce revirement comique témoigne de sa relative **ouverture d'esprit** et de ses capacités d'adaptation.

LA SAGESSE DES « SAUVAGES »

1 • Le vieillard : la conscience des Tahitiens

• Le vieillard est un **personnage auquel Bougainville fait allusion dans son** *Voyage*. Diderot lui prête un long discours, au moment du départ des Européens, auxquels il avait témoigné du mépris dès leur arrivée. Son grand âge fait de lui l'**incarnation de la sagesse** : il est le seul à se montrer **lucide sur la colonisation**, alors que les autres Tahitiens pleurent naïvement au départ de leurs bourreaux. Il leur annonce un «funeste avenir» et suggère que la violence pourrait être un moyen d'y échapper. Mais il défend la paix et se reprend immédiatement : «j'aimerais mieux mourir que de vous en donner le conseil.» (p. 20)

• Sa seule violence est verbale. Avec une **éloquence très maîtrisée**, qui rend peu vraisemblable que son discours ait été prononcé par un «sauvage», il dénonce les vices des Européens, malades de leur civilisation et aveuglés par leur désir de pouvoir. Il prononce ce jugement sans appel, qui nie quasiment au colonisateur toute humanité : «tu ne mérites aucun sentiment de pitié ; car tu as une âme féroce qui ne l'éprouva jamais.» (p. 25)

2 • Orou : un homme raisonnable et heureux

• Orou semble être à l'image d'Aotourou, le Tahitien que Bougainville a ramené en France. Il est toutefois un **personnage fictif**, dont A souligne que le discours est «un peu modelé à l'européenne.» (p. 62) Son dialogue avec l'aumônier est l'occasion d'un approfondissement de la critique des lois morales et religieuses de l'Europe.

• Orou s'adresse à l'Européen sur un **ton beaucoup moins véhément que le vieillard**. Il qualifie certes le discours de l'aumônier de «monstrueux tissu d'extravagances» (p. 38), mais il respecte son interlocuteur. Il est présenté comme un homme heureux et paisible, qui exprime presque de la pitié pour la «misère» de l'Europe (p. 39).

• Orou, plein de bon sens, pose des questions faussement naïves, qui mettent en cause les certitudes de l'aumônier. Il tient un **discours très raisonnable et structuré, qui valorise la procréation**, considérée comme une richesse pour les familles autant que pour la collectivité. Il pense même que les Tahitiens ont reçu des Européens un impôt non négligeable : ces derniers ont fait des enfants à leurs femmes, participant ainsi à l'accroissement démographique de leur pays et à sa vitalité. Orou qualifie cette contribution de «tribut levé sur [la] personne» (p. 58) des colonisateurs. Les Tahitiens, conquis, ont trouvé les moyens de conquérir leurs vainqueurs.

La leçon de l'œuvre : l'opposition entre nature et culture

Diderot, par l'intermédiaire des Tahitiens, dénonce les valeurs de l'Europe : l'asservissement au travail, à la propriété et à des règles morales qui culpabilisent abusivement la sexualité, caractérise cette vieille civilisation[1], qui s'est éloignée de l'innocence originelle. À Tahiti, innocents et libres, les hommes sont heureux. Diderot, en homme des Lumières, demande aux Européens de faire preuve d'esprit critique à l'égard des mœurs et des valeurs auxquelles ils obéissent. Il leur donne une leçon de relativisme, tout en leur conseillant de se soumettre aux lois en vigueur. Diderot défend-il en fait une sagesse du conformisme ?

LE PROCÈS DE LA CIVILISATION EUROPÉENNE

1 • Une civilisation corrompue

● Les Européens, ambitieux et oublieux de la nature, ont inventé des « **besoins superflus** » (p. 21). Pour répondre à la tyrannie de leurs désirs, ils doivent **travailler et pratiquer le commerce**. Ils aspirent à vivre dans le luxe et se soucient de préserver la **propriété[2]**, grâce à la justice, censée faire respecter les lois. En choisissant l'artifice et la complexité au mépris d'une raisonnable sobriété, ils se sont **privés de liberté**.

● L'Europe a élargi le sens de la propriété des biens aux personnes : le **mariage** fait d'une femme la possession exclusive de son époux. **La morale sexuelle**, plus généralement, **interdit de rechercher librement le plaisir**. Même **la procréation peut être condamnée, lorsqu'elle intervient en dehors du mariage**. Elle devrait pourtant être valorisée, car les enfants sont l'avenir et la richesse d'un pays. Polly Baker demande en effet à ses juges : « Est-ce un crime d'augmenter les sujets de Sa Majesté dans une nouvelle contrée qui manque d'habitants ? » (p. 46).

● La société européenne, traversée par les inégalités et les jalousies, est marquée par la **violence**. Le vieillard dénonce l'attitude des colons, qui ont introduit le

---

1. B affirme : « Le Taïtien touche à l'origine du monde et l'Européen touche à sa vieillesse » (*Supplément*, p. 16).
2. La propriété est considérée par Rousseau comme le premier facteur qui éloigne l'homme de l'état de nature. Pour lui, « le

premier qui, ayant enclos un terrain, s'avisa de dire : "Ceci est à moi", et trouva des gens assez simples pour le croire, fut le vrai fondateur de la société civile. » (Rousseau, *Discours sur l'origine de l'inégalité parmi les hommes*, 1755)

désordre à Tahiti : «À peine es-tu descendu dans notre terre, qu'elle a fumé de sang.» (p. 24) Alors que les Tahitiens leur offraient innocemment leurs biens et leurs femmes, **les Européens les ont corrompus** et ont fait preuve d'une **ingratitude meurtrière**.

2 • La responsabilité de l'Église

• L'Église est l'objet de nombreuses critiques, qui révèlent l'**anticléricalisme** de Diderot. Elle joue un **rôle actif dans la colonisation**, avec l'intention d'**évangéliser** les populations locales. Au nom de Dieu, les hommes d'Église sont complices de crimes. Ils s'imposent également des règles injustifiables. Le vœu de chasteté, par exemple, qu'Orou appelle «**vœu de stérilité**» (p. 60), est d'autant plus ridicule qu'il n'est pas respecté : l'aumônier finit par céder à la tentation.

• L'Église soutient des **croyances dont Orou dénonce les incohérences**. Non sans légèreté, il définit Dieu comme un «vieil ouvrier, qui a tout fait sans mains, sans tête et sans outils» (p. 34). Il pointe l'absurdité de l'interdiction de l'inceste, entre autres, dont Adam et Ève, à l'origine de l'humanité, se sont peut-être rendus coupables (p. 53). Sa fausse naïveté à l'égard de la religion est le prétexte à une discrète **contestation de la foi**.

3 • L'hypocrisie des lois

• Au sein du mariage, la morale impose la **fidélité**. Orou considère comme absurde ce «serment d'immutabilité de deux êtres de chair»: «Ces préceptes singuliers, je les trouve opposés à la nature, et contraires à la raison.» (p. 34). La **nature de l'homme** est d'être **libre et changeant**. Les **règles morales et religieuses** le condamnent donc à la **transgression et à la réprobation générale**.

• Les **lois civiles** sont elles **aussi hypocrites**. Elles ne font que masquer l'application de la loi du plus fort. Orgueilleux au point de se croire les «maîtres du bien et du mal» (p. 35), les **magistrats**, comme les prêtres, ont inventé des lois qui «changent la nature des actions et en font des crimes» (p. 47), afin de servir leurs propres intérêts et de soumettre les plus fragiles.

TAHITI : L'ENFANCE DE L'HUMANITÉ

1 • L'innocence du « sauvage »

• Obéissant simplement à leurs besoins, les Tahitiens vivent **en harmonie avec les autres et avec la nature**. B insiste sur leur **hospitalité**. Il décrit l'accueil qu'ils ont réservé à Bougainville et à ses hommes : « les hommes les tenaient embrassés par le milieu du corps ; les femmes leur flattaient les joues de leurs mains. » (p. 27) S'ils sont en paix, c'est parce qu'ils **ne connaissent pas la propriété** : chez eux, « tout est à tous » (p. 20).

● Les « sauvages » ne prétendent pas non plus posséder leurs femmes. La fidélité n'a pas de sens pour eux. Leur **sexualité** est **innocente** : le Tahitien Aotourou ne voyait aucun mal à faire « la politesse de Taïti », périphrase désignant l'acte sexuel, à « la première Européenne qui vint à sa rencontre » (p. 15). Les corps, dont les besoins ne sont pas frustrés, sont « droits, sains et robustes » (p. 22), en pleine santé. Alors que **la civilisation européenne est prisonnière d'une morale mortifère, les Tahitiens sont tournés vers la vie** : pour eux, « la naissance d'un enfant est toujours un bonheur, et sa mort un sujet de regrets et de larmes. » (p. 39)

2 • Le bonheur

● Tahiti offre aux Européens une image de l'**âge d'or**[1]. Le vieillard affirme : « nous sommes innocents, nous sommes heureux » (p. 20). L'œuvre pourrait donc être considérée comme une **utopie**. M. Commerson affirme d'ailleurs avoir appliqué à Tahiti « le nom d'*Utopie* que Thomas More[2] avait donné à sa République idéale ». La société que décrit Orou a bien en effet les caractéristiques d'une utopie : à l'écart du monde, elle garantit la liberté individuelle et l'égalité entre les hommes.

● Cette description correspond toutefois plus à l'idéal rêvé par Diderot qu'à l'organisation réelle de Tahiti. Bougainville note lui-même que l'égalité y est illusoire : « la distinction des rangs est fort marquée à Tahiti, et la disproportion cruelle. » (Bougainville, *Voyage*, 1771). L'utopie a essentiellement une **fonction critique** : faire réfléchir sur les désordres de la civilisation. Diderot n'exprime aucune nostalgie d'un monde paradisiaque qu'il sait fictif.

---

1. Dans la mythologie antique, l'âge d'or est le premier de l'histoire de l'humanité et le plus heureux.

2. Thomas More (1478-1535) est un humaniste, auteur de l'*Utopie* (1516).

UN APPEL À LA RÉFORME ?

1 • Une leçon de relativisme

● Les **Européens** considèrent **leurs valeurs comme absolues et universelles.** Ils justifient ainsi une **colonisation** qui méprise les droits des peuples[1]. Le vieillard dénonce avec une particulière force de conviction cette entreprise qui n'a d'autre objectif que le pouvoir et l'appropriation des biens d'autrui. Bougainville, qui est à la tête de l'expédition, n'est que le « chef des brigands » (p. 20) et un « empoisonneur de nations » (p. 23).

● Face aux Tahitiens, dont l'**éloquence** prouve qu'ils ne sont en rien des « sauvages », les Européens prennent conscience de la **relativité de leurs valeurs et de leurs mœurs,** qu'ils sont incapables de justifier. Orou évoque avec ironie la « patrie si bien policée » (p. 57) de l'aumônier, où les lois ne sont conformes ni à l'intérêt individuel, ni à l'intérêt général. À ces lois, il est d'ailleurs impossible d'obéir, car elles constituent des **codes contradictoires. Dieu, les magistrats et les prêtres** sont « trois maîtres, peu d'accord entre eux » (p. 36). Les règles qui structurent la société européenne apparaissent comme des conventions, parmi d'autres possibles.

2 • Un espoir de progrès

● Même s'il invite à se méfier des « inutiles lumières » (p. 21) et d'un « progrès trop rapide » (p. 62), **Diderot ne veut pas inciter les Européens à faire retour à l'état de nature,** que les Tahitiens, dotés de lois, n'incarnent pas véritablement. Le mythe du bon sauvage est une construction de l'esprit, qui signale aux hommes les dangers d'un éloignement excessif de la nature : il ne s'agit pas de renoncer à la civilisation, mais de l'amender[2].

---

1. Dans l'*Histoire des deux Indes,* ouvrage de l'abbé de Raynal auquel il collabore de 1760 à 1780, Diderot exprime ainsi sa désapprobation à l'égard de l'attitude conquérante de l'Europe face aux Hottentots : « Fuyez, malheureux Hottentots, fuyez ! enfoncez-vous dans vos forêts. Les bêtes féroces qui les habitent sont moins redoutables que les monstres sous l'empire

desquels vous allez tomber. » (*Histoire des deux Indes* de Raynal)
2. Voir Diderot, *Lettre à Sophie Volland,* lettre de 1761 : « Les lumières sont un bien dont on peut abuser sans doute. L'ignorance et la stupidité, compagnes de l'injustice, de l'erreur et de la superstition, sont toujours des maux. »

• Les sociétés, comme les individus, sont traversées par le changement. **L'Europe peut donc se réformer, en s'inspirant des leçons des Tahitiens**. Mais Diderot suggère que ce changement ne doit pas conduire au désordre. La conclusion de l'œuvre témoigne d'**un certain conformisme**. B sait qu'il est imprudent de vouloir être « sage tout seul » (p. 77). Avant qu'une réforme soit possible, il faut convaincre les autres hommes, éveiller les consciences et l'esprit critique. La soumission à des lois injustes, d'ailleurs provisoire, est la ruse du philosophe qui veut faire triompher paisiblement l'égalité et la liberté.

FICHES

DOCUMENTS

OBJECTIF BAC

Regards sur l'enfance

Avant le XVIIIe siècle, l'enfant est généralement représenté comme un adulte en miniature et en devenir. L'enfance n'est pas pensée comme une période qui pourrait avoir de l'intérêt en elle-même. Rousseau modifie sensiblement ce point de vue : Émile ou De l'éducation (1762), son traité sur l'éducation, accorde une importance nouvelle à l'enfant, qui doit être respecté et dont on doit favoriser l'autonomie. Il prolonge ainsi et approfondit la réflexion humaniste sur l'éducation, et la critique d'une pédagogie fondée sur la contrainte, qui viserait l'accumulation des connaissances, sans se soucier du développement de l'intelligence et du bien-être physique. Diderot, dans le Supplément au Voyage de Bougainville (1773), montre à son tour que, dans la société tahitienne, qui porte témoignage d'une certaine enfance de l'humanité, le monde de l'enfance est une richesse, dont nul ne songerait délibérément à se priver. Aux XIXe et XXe siècles, l'enfant, idéalisé et presque sacralisé, est au cœur de la famille bourgeoise et devient l'objet de toutes les attentions. Il acquiert des droits, et la question se pose de l'enfant pauvre ou négligé, qui ne reçoit pas l'éducation nécessaire au développement de ses capacités intellectuelles et créatrices.

L'enfant, étymologiquement, est celui qui ne parle pas (du latin in, préfixe privatif, et fans, participe présent du verbe signifiant « parler »). Il est un objet de discours, plus souvent qu'un véritable sujet. L'enfant n'est-il pas pour l'écrivain ce « sauvage », habitant d'un paradis perdu, qu'il observe à la fois avec une tendre nostalgie et un espoir mêlé de crainte pour l'avenir ?

DOCUMENT 1

FRANÇOIS RABELAIS, *Pantagruel* (1532) ♦ livre II, chap. VIII, orthographe modernisée

Pantagruel est un roman centré sur l'histoire du fils de Gargantua, dont Rabelais (1494-1553) publie les aventures deux ans plus tard (1534). Pantagruel est un géant dont la naissance et l'enfance nous sont racontées sur le mode comique. Parvenu à l'âge où il doit bénéficier d'une instruction sérieuse, il reçoit une lettre de son père qui lui transmet sur un ton très solennel les clés d'une éducation humaniste, qui doit lui garantir une vie heureuse.

Très cher fils,

Entre les dons, grâces et prérogatives dont le souverain plasmateur[1], Dieu tout puissant, a endouairé[2] et orné l'humaine nature à son commencement, il y en a une qui me semble singulière et excellente, par laquelle elle peut en état

---

1. Souverain plasmateur : Créateur.

2. Endouairé : doté.

5   mortel acquérir espèce d'immortalité, et en décours[1] d'une vie éphémère
perpétuer son nom et sa semence : ce qui est fait par lignée[2] issue de nous en
mariage légitime. Dont nous est aucunement instauré[3] ce qui nous fut tollu[4]
par le péché de nos premiers parents, èsquels[5] fut dit que, parce qu'ils n'avaient
pas été obéissants au commandement de Dieu le créateur, ils mourraient et que
10   par la mort serait réduite à néant cette tant magnifique plasmature[6] en laquelle
l'homme avait été créé. Mais par ce moyen de propagation séminale[7] demeure
ès[8] enfants ce qui était de perdu ès parents, et ès neveux[9] ce qui dépérissait ès
enfants ; et ainsi successivement jusques à l'heure du jugement final, quand
Jésus-Christ aura rendu à Dieu le père son royaume pacifique hors tout danger
15   et contamination de péché : car alors cesseront toutes générations et
corruptions, et seront les éléments hors de leurs transmutations[10] continues, vu
que la paix tant désirée sera consommée et parfaite et que toutes les choses
seront réduites à leur fin et période.

    Non donc sans juste et équitable cause je rends grâces à Dieu, mon
20   conservateur, de ce qu'il m'a donné pouvoir voir mon antiquité chenue[11]
refleurir en ta jeunesse ; car, quand par le plaisir de lui[12], qui tout régit et
modère, mon âme laissera cette habitation humaine, je ne me réputerai
totalement mourir, ains[13] passer d'un lieu en autre, attendu que en toi et par
toi je demeure en mon image visible en ce monde, vivant, voyant et conversant
25   entre gens d'honneur et mes amis comme je soulais[14], laquelle mienne
conversation a été, moyennant l'aide et grâce divine, non sans péché, je le
confesse (car nous péchons tous et continuellement requérons à Dieu qu'il
efface nos péchés), mais sans reproche. [...]

    Pour cette raison, mon fils, je te conjure d'employer ta jeunesse à bien
30   profiter dans tes études et dans la vertu. [...] Et quand tu t'apercevras que tu
disposes de tout le savoir que tu peux acquérir là-bas, reviens vers moi, afin que
je te voie et que je te donne ma bénédiction avant de mourir.

    Mon fils, que la paix et la grâce de notre Seigneur soient avec toi, amen.

    D'Utopie, le dix-septième jour du mois de mars, ton père, Gargantua.

1. En décours : au cours.
2. Lignée : enfants, descendance.
3. Instauré : rendu.
4. Tollu : ôté.
5. Èsquels : auxquels.
6. Plasmature : forme.
7. Ce moyen de propagation séminale :
cet acte sexuel fait pour engendrer.

8. Ès : dans les.
9. Neveux : petits-fils.
10. Transmutations : changements.
11. Mon antiquité chenue : ma vieillesse.
12. Lui : Dieu.
13. Ains : mais.
14. Comme je soulais : comme j'en avais
l'habitude.

1

DOCUMENT 2

JEAN-JACQUES ROUSSEAU, *Émile ou De l'éducation* (1762) ◆ livre II

Rousseau (1712-1778), qui s'intéresse aux rapports entre nature et culture, élabore dans Émile *un programme d'éducation susceptible de ne pas pervertir la bonté originelle de l'individu. Dans le livre II, il évoque l'attention que l'on doit prêter à l'enfant d'environ 2 à 7 ans, qui a acquis la parole. Pour lui, les parents doivent faire confiance à la nature et ne pas chercher à tout maîtriser : leur enfant grandira alors dans la confiance, la liberté et le bonheur.*

Quand les enfants commencent à parler, ils pleurent moins. Ce progrès est naturel : un langage est substitué à l'autre. Sitôt qu'ils peuvent dire qu'ils souffrent avec des paroles, pourquoi le diraient-ils avec des cris, si ce n'est quand la douleur est trop vive pour que la parole puisse l'exprimer ? S'ils

5 continuent alors à pleurer, c'est la faute des gens qui sont autour d'eux. Dès qu'une fois Émile aura dit : J'ai mal, il faudra des douleurs bien vives pour le forcer de pleurer.

Si l'enfant est délicat, sensible, que naturellement il se mette à crier pour rien, en rendant ces cris inutiles et sans effet, j'en taris bientôt la source. Tant

10 qu'il pleure, je ne vais point à lui ; j'y cours sitôt qu'il s'est tu. Bientôt sa manière de m'appeler sera de se taire, ou tout au plus de jeter un seul cri. C'est par l'effet sensible des signes que les enfants jugent de leur sens, il n'y a point d'autre convention pour eux : quelque mal qu'un enfant se fasse, il est très rare qu'il pleure quand il est seul, à moins qu'il n'ait l'espoir d'être entendu. [...]

15 Notre manie enseignante et pédantesque[1] est toujours d'apprendre aux enfants ce qu'ils apprendraient beaucoup mieux d'eux-mêmes, et d'oublier ce que nous aurions pu seuls leur enseigner. Y a-t-il rien de plus sot que la peine qu'on prend pour leur apprendre à marcher, comme si l'on en avait vu quelqu'un qui, par la négligence de sa nourrice, ne sût pas marcher étant

20 grand ? Combien voit-on de gens au contraire marcher mal toute leur vie, parce qu'on leur a mal appris à marcher !

Émile n'aura ni bourrelets, ni paniers roulants, ni chariots, ni lisières ; ou du moins, dès qu'il commencera de savoir mettre un pied devant l'autre, on ne le soutiendra que sur les lieux pavés, et l'on ne fera qu'y passer en hâte. Au lieu de

25 le laisser croupir dans l'air usé d'une chambre, qu'on le mène journellement au milieu d'un pré. Là, qu'il coure, qu'il s'ébatte, qu'il tombe cent fois le jour, tant mieux : il en apprendra plus tôt à se relever. Le bien-être de la liberté rachète

---

1. Pédantesque : qui développe un savoir vain et prétentieux.

beaucoup de blessures. Mon élève aura souvent des contusions[1] ; en revanche, il sera toujours gai. Si les vôtres en ont rarement, ils sont toujours contrariés,
30   toujours enchaînés, toujours tristes. Je doute que le profit soit de leur côté.

DOCUMENT 3

DENIS DIDEROT, *Supplément au Voyage de Bougainville* (1773) ♦ chap. III

L'aumônier, au nom des exigences de la religion chrétienne, lie l'acte sexuel à la faute. Orou voudrait lui faire comprendre que la sexualité est à la fois un facteur de plaisir et un élément essentiel à la vigueur d'une société. Il lui semble absurde que l'Europe défende une vision répressive et mortifère du désir. Les arguments que l'un et l'autre développent sur le sujet des enfants révèlent particulièrement le bon sens du « sauvage » : l'enfant est une richesse et non une « charge ».

« Que deviennent vos enfants ? [...] plus la famille du Taïtien est nombreuse, plus il est riche. » → p. 39-40, l. 271-294

DOCUMENT 4

VICTOR HUGO, *Les Voix intérieures* (1837) ♦ XXIII

Hugo (1802-1885), dans son recueil, laisse parler trois voix : celle de l'Histoire, celle de la Nature et celle de l'Homme. Il rend compte d'une rêverie tendre et intime sur les enfants, qui s'élargit à une vision cosmique : l'amour qu'il ressent pour eux a les dimensions du monde.

À quoi je songe ? – Hélas ! loin du toit où vous êtes,
Enfants, je songe à vous ! à vous, mes jeunes têtes,
Espoir de mon été déjà penchant et mûr,
Rameaux dont, tous les ans, l'ombre croît sur mon mur !
5   Douces âmes à peine au jour épanouies,
Des rayons de votre aube encor[2] tout éblouies !
Je songe aux deux petits[3] qui pleurent en riant,
Et qui font gazouiller sur le seuil verdoyant,
Comme deux jeunes fleurs qui se heurtent entre elles,
10   Leurs jeux charmants mêlés de charmantes querelles !
Et puis, père inquiet, je rêve aux deux aînés[4]

1. Contusions : lésions produites par un choc, bosses.
2. Encor : encore (licence poétique).

3. Allusion à François-Victor et à Adèle, nés en 1828 et en 1830.
4. Allusion à Léopoldine et à Charles, nés en 1824 et en 1826.

Qui s'avancent déjà de plus de flot baignés,
Laissant pencher parfois leur tête encor naïve,
L'un déjà curieux, l'autre déjà pensive !

15   Seul et triste au milieu des chants des matelots,
Le soir, sous la falaise, à cette heure où les flots,
S'ouvrant et se fermant comme autant de narines,
Mêlent au vent des cieux mille haleines marines,
Où l'on entend dans l'air d'ineffables[1] échos
20   Qui viennent de la terre ou qui viennent des eaux,
Ainsi je songe ! – à vous, enfants, maison, famille,
À la table qui rit, au foyer qui pétille,
À tous les soins pieux[2] que répandent sur vous
Votre mère si tendre et votre aïeul si doux !
25   Et tandis qu'à mes pieds s'étend, couvert de voiles,
Le limpide océan, ce miroir des étoiles,
Tandis que les nochers[3] laissent errer leurs yeux
De l'infini des mers à l'infini des cieux,
Moi, rêvant à vous seuls, je contemple et je sonde
30   L'amour que j'ai pour vous dans mon âme profonde,
Amour doux et puissant qui toujours m'est resté.
Et cette grande mer est petite à côté !

15 juillet 1837. – Fécamp[4].
Écrit au bord de la mer.

DOCUMENT 5

ANTOINE DE SAINT-EXUPÉRY, *Terre des hommes* (1939) ♦ © Éditions Gallimard

Terre des hommes *est un texte très personnel de Saint-Exupéry (1900-1944), qui laisse place à des réflexions sur la condition humaine. Dans la dernière partie intitulée « Les Hommes », alors qu'il voyage en chemin de fer, Saint-Exupéry constate avec amertume les conséquences de la misère sur les enfants : un enfant dont l'éducation est négligée, c'est « Mozart assassiné ».*

---

1. Ineffables : dont on ne peut parler, que l'on ne peut exprimer.
2. Pieux : dévoués (envers les enfants, qui sont considérés comme des dieux).

3. Nochers : pilotes d'embarcations.
4. Fécamp : ville du bord de mer, située en Haute-Normandie.

Un enfant tétait une mère si lasse qu'elle paraissait endormie. La vie se transmettait dans l'absurde et le désordre de ce voyage. Je regardai le père. Un crâne pesant et nu comme une pierre. Un corps plié dans l'inconfortable sommeil, emprisonné dans les vêtements de travail, fait de bosses et de creux.

5 L'homme était pareil à un tas de glaise[1]. Ainsi, la nuit, des épaves qui n'ont plus de forme, pèsent sur les bancs des halles. Et je pensai le problème ne réside point dans cette misère, dans cette saleté, ni dans cette laideur. Mais ce même homme et cette même femme se sont connus un jour et l'homme a souri sans doute à la femme : il lui a, sans doute, après le travail, apporté des fleurs. Timide

10 et gauche[2], il tremblait peut-être de se voir dédaigné[3]. Mais la femme, par coquetterie naturelle, la femme sûre de sa grâce se plaisait peut-être à l'inquiéter. Et l'autre qui n'est plus aujourd'hui qu'une machine à piocher ou à cogner, éprouvait ainsi dans son cœur l'angoisse délicieuse. Le mystère, c'est qu'ils soient devenus ces paquets de glaise. Dans quel moule terrible ont-ils

15 passé, marqués par lui comme par une machine à emboutir[4] ? [...]

Je m'assis en face d'un couple. Entre l'homme et la femme, l'enfant, tant bien que mal, avait fait son creux, et il dormait. Mais il se retourna dans le sommeil, et son visage m'apparut sous la veilleuse. Ah ! quel adorable visage ! Il était né de ce couple-là une sorte de fruit doré. Il était né de ces lourdes

20 hardes[5] cette réussite de charme et de grâce. Je me penchai sur ce front lisse, sur cette douce moue des lèvres, et je me dis voici un visage de musicien, voici Mozart enfant, voici une belle promesse de la vie. Les petits princes des légendes n'étaient point différents de lui protégé, entouré, cultivé, que ne saurait-il devenir ! Quand il naît par mutation[6] dans les jardins une rose

25 nouvelle, voilà tous les jardiniers qui s'émeuvent. On isole la rose, on cultive la rose, on la favorise. Mais il n'est point de jardinier pour les hommes. Mozart enfant sera marqué comme les autres par la machine à emboutir. Mozart fera ses plus hautes joies de musique pourrie, dans la puanteur des cafés-concerts[7]. Mozart est condamné.

30 Et je regagnai mon wagon. Je me disais ces gens ne souffrent guère de leur sort. Et ce n'est point la charité ici qui me tourmente. Il ne s'agit point de s'attendrir sur une plaie éternellement rouverte. Ceux qui la portent ne la sentent pas. C'est quelque chose comme l'espèce humaine et non l'individu

1. **Glaise :** terre argileuse, dont on se sert pour modeler des formes.
2. **Gauche :** maladroit.
3. **Dédaigné :** méprisé, repoussé.
4. **Emboutir :** comprimer.

5. **Hardes :** troupeaux, meutes.
6. **Mutation :** création d'une espèce.
7. **Cafés-concerts :** lieux de divertissement populaire, où l'on peut écouter de la musique tout en consommant des boissons.

qui est blessé ici, qui est lésé. Je ne crois guère à la pitié. Ce qui me tourmente,
35 c'est le point de vue du jardinier. Ce qui me tourmente, ce n'est point cette
misère, dans laquelle, après tout, on s'installe aussi bien que dans la paresse. Ce
qui me tourmente, les soupes populaires ne le guérissent point. Ce qui me
tourmente, ce ne sont ni ces creux, ni ces bosses, ni cette laideur. C'est un peu,
dans chacun de ces hommes, Mozart assassiné.
40   Seul l'Esprit, s'il souffle sur la glaise, peut créer l'Homme.

DOCUMENT 6

FRANÇOIS TRUFFAUT, *L'Enfant sauvage* (1970) → 3e de couverture

*François Truffaut (1932-1984) est l'un des réalisateurs essentiels de la Nouvelle
Vague, qui regroupe des cinéastes de la deuxième moitié du XXe siècle. En s'appuyant
sur certaines évolutions techniques, ces derniers défendent une esthétique moins
conventionnelle et un cinéma plus proche du réel. L'Enfant sauvage s'inspire des
mémoires de Victor de l'Aveyron, rédigés par le médecin Jean Itard (1774-1838).
Victor, probablement né à la fin du XVIIIe siècle, lui avait été confié pour qu'il
l'éduque. Comment et à quelles conditions peut-on éduquer un « sauvage » ?
L'acharnement à éduquer est-il légitime ou ne fait-il pas perdre une forme
d'innocence primitive ?*

Libertinage ou liberté de mœurs?

Le libertinage désigne à la fois la liberté de pensée, qui consiste à mettre en cause les certitudes morales et religieuses communément admises, et un comportement supposé contraire aux bonnes mœurs [1]. Au XVIIe siècle, le libertin respecte en public les exigences de la société, pour mieux vivre en privé comme il l'entend, sans être inquiété. Il se méfie de la censure et des autorités politiques et religieuses, qui poursuivent tout suspect d'opinions ou de comportements « déviants ». Les libertins ont en effet pour adversaires certains catholiques, qui font d'eux des individus corrompus et abandonnés au plaisir, qu'il importe de traduire en justice. Ce sont ces adversaires qui utilisent d'ailleurs le plus souvent le terme « libertinage », auquel ils donnent une connotation péjorative et polémique. Au XVIIIe siècle, le libertinage quitte en partie la clandestinité. Avec la Régence de Philippe d'Orléans (1715-1723), il trouve même sa place à la cour. La littérature rend compte de cette liberté nouvelle et le libertin devient un personnage récurrent du roman. Séduisant, intelligent et cynique, comme l'était déjà Don Juan au siècle précédent, il méprise les faibles. Dans sa quête effrénée du plaisir, il se compose l'image d'un personnage maître de lui-même et des autres, dénué de tout principe de morale. Il nous interroge aussi sur la légitimité de règles qui font de la frustration un instrument de contrôle social.

Les écrivains dits libertins, bien qu'ils prétendent dénoncer l'irréligion et l'immoralité, ne veulent-ils pas nous persuader que le libertinage est en fait l'expression d'une liberté de mœurs naturelle et en rien coupable?

DOCUMENT 7

CHARLES SOREL, *Histoire comique de Francion* (1623) ♦ livre VII

Charles Sorel (1582-1674), qui est lui-même considéré comme un libertin, propose avec Francion un personnage mêlant à la fois l'ambition intellectuelle et le goût pour les plaisirs des sens. Francion, avec son ami Raymond, se trouve à une fête orgiaque, où il peut laisser libre cours à ses désirs. Dans un discours très argumenté, il justifie cette liberté, pourtant condamnée par les chrétiens au nom du péché originel.

---

1. Étymologiquement, le terme « libertin » vient du latin *libertinus*, « affranchi » (esclave qui a été rendu libre par son maître).

Raymond rompant alors leur entretien le tira à part et lui demanda s'il n'était pas au suprême degré des contentements en voyant auprès de lui sa bien aimée. « Afin que je ne vous cèle[1] rien, répondit-il, j'ai plus de désirs qu'il n'y a de grains de sable en la mer : c'est pourquoi je crains grandement que je n'aie 5 jamais de repos ! J'aime bien Laurette, et serai bien aise de jouir d'une infinité d'autres, que je n'affectionne pas moins qu'elle [...]. »

Agathe étant derrière lui écoutait ce discours et, en l'interrompant, lui dit : « Ah ! mon enfant, que vous êtes d'une bonne et louable humeur ! Je vois bien que si tout le monde vous ressemblait, l'on ne saurait ce que c'est que de mariage, 10 et l'on n'en observerait jamais la loi ! » « Vous dites vrai, répondit Francion, aussi n'y a-t-il rien qui nous apporte tant de maux que ce fâcheux lien, et l'honneur, ce cruel tyran de nos désirs. Si nous prenons une belle femme, elle est caressée de chacun, sans que nous le puissions empêcher. Le vulgaire[2] qui est infiniment soupçonneux, et qui se jette sur les moindres apparences, vous 15 tiendra pour un cocu, encore qu'elle soit femme de bien, et vous fera mille injures : car s'il voit quelqu'un parler à elle dans une rue, il croit qu'il prend bien une autre licence[3] dedans une maison. [...] Il vaudrait bien mieux que nous fussions tous libres : l'on se joindrait sans se joindre avec celle qui plairait le plus, et lorsque l'on en serait las, il serait permis de la quitter. [...] Vous me 20 représenterez que si les femmes étaient communes, comme en la république de Platon[4], l'on ne saurait pas à quels hommes appartiendraient les enfants qu'engendreraient les femmes ; mais qu'importe cela ? Laurette, qui ne sait qui est son père ni sa mère, ni qui ne se soucie point de s'en enquérir[5], peut-elle avoir quelque ennui[6] pour cela, si ce n'est celui que lui pourrait causer une sotte 25 curiosité ? Or cette curiosité-là n'aurait point de lieu, parce que l'on considérerait qu'elle serait vaine et il n'y a que les insensés qui souhaitent l'impossible. Ceci serait cause d'un très grand bien, car l'on serait contraint d'abolir toute prééminence[7] et toute noblesse ; chacun serait égal, et les fruits de la terre seraient communs. Les lois naturelles seraient alors révérées[8] toutes seules et l'on 30 vivrait comme au siècle d'or. »

---

1. **Cèle :** cache.
2. **Vulgaire :** homme du commun (par opposition au libertin, réputé homme d'esprit).
3. **Licence :** liberté excessive (en matière sexuelle, en particulier).
4. **Platon :** philosophe grec (427. av. J.-C. -348-347 av. J.-C.), auteur de la *République*, un dialogue où il réfléchit à la place de

l'individu dans une cité idéale. Pour l'élite dirigeante, il défend par exemple une certaine liberté sexuelle.
5. **S'en enquérir :** s'informer à ce sujet.
6. **Ennui :** tourment.
7. **Prééminence :** supériorité.
8. **Révérées :** respectées.

DOCUMENT 8

MOLIÈRE, *Dom Juan* (1665) ♦ acte I, scène 2

Après avoir raillé les dévots dans Tartuffe *(1664, première version), Molière (1622-1673) se livre à une entreprise tout aussi polémique et dangereuse dans* Dom Juan, *qui lui vaut d'être accusé de libertinage : présenter sur scène un séducteur, incapable de se contraindre à la fidélité. Il affirme certes vouloir dénoncer l'attitude provocatrice du libertin à l'égard du conformisme moral et religieux, mais il fait de Don Juan un personnage fascinant, d'autant plus mis en valeur que son seul contradicteur est Sganarelle, un valet balourd, incapable de trouver les arguments nécessaires à une défense convaincante des valeurs traditionnelles.*

SGANARELLE. – En ce cas, Monsieur, je vous dirai franchement que je n'approuve point votre méthode, et que je trouve fort vilain d'aimer de tous côtés comme vous faites.

DON JUAN. – Quoi ? tu veux qu'on se lie à demeurer au premier objet[1] qui
5 nous prend, qu'on renonce au monde pour lui, et qu'on n'ait plus d'yeux pour personne ? La belle chose de vouloir se piquer[2] d'un faux honneur d'être fidèle, de s'ensevelir pour toujours dans une passion, et d'être mort dès sa jeunesse à toutes les autres beautés qui nous peuvent frapper les yeux ! Non, non : la constance n'est bonne que pour des
10 ridicules ; toutes les belles ont droit de nous charmer, et l'avantage d'être rencontrée la première ne doit point dérober aux autres les justes prétentions qu'elles ont toutes sur nos cœurs. Pour moi, la beauté me ravit partout où je la trouve, et je cède facilement à cette douce violence dont elle nous entraîne. J'ai beau être engagé[3], l'amour que j'ai pour
15 une belle n'engage point mon âme à faire injustice aux autres ; je conserve des yeux pour voir le mérite de toutes, et rends à chacune les hommages et les tributs[4] où la nature nous oblige. Quoi qu'il en soit, je ne puis refuser mon cœur à tout ce que je vois d'aimable ; et dès qu'un beau visage me le demande, si j'en avais dix mille, je les donnerais tous.
20 Les inclinations[5] naissantes, après tout, ont des charmes inexplicables, et tout le plaisir de l'amour est dans le changement. On goûte une

---

1. Objet : objet d'amour, femme.
2. Se piquer : se vanter.
3. Engagé : marié. Don Juan a épousé Elvire, avant de l'abandonner.

4. Tributs : contributions.
5. Inclinations : sentiments.

douceur extrême à réduire, par cent hommages, le cœur d'une jeune beauté, à voir de jour en jour les petits progrès qu'on y fait, à combattre par des transports[1], par des larmes et des soupirs, l'innocente pudeur
25 d'une âme qui a peine à rendre les armes, à forcer pied à pied[2] toutes les petites résistances qu'elle nous oppose, à vaincre les scrupules dont elle se fait un honneur et la mener doucement où nous avons envie de la faire venir. Mais lorsqu'on en est maître une fois, il n'y a plus rien à dire ni rien à souhaiter ; tout le beau de la passion est fini, et nous nous
30 endormons dans la tranquillité d'un tel amour, si quelque objet nouveau ne vient réveiller nos désirs, et présenter à notre cœur les charmes attrayants d'une conquête à faire. Enfin, il n'est rien de si doux que de triompher de la résistance d'une belle personne, et j'ai sur ce sujet l'ambition des conquérants, qui volent perpétuellement de
35 victoire en victoire, et ne peuvent se résoudre à borner leurs souhaits. Il n'est rien qui puisse arrêter l'impétuosité[3] de mes désirs : je me sens un cœur à aimer toute la terre ; et comme Alexandre[4], je souhaiterais qu'il y eût d'autres mondes, pour y pouvoir étendre mes conquêtes amoureuses.

DOCUMENT 9

DENIS DIDEROT, *Supplément au Voyage de Bougainville* (1773) ♦ chap. III

L'épisode de Miss Polly Baker se présente comme une digression que B fait sur la demande de A. Dans cette histoire fictive, Polly Baker dénonce les lois injustes qui condamnent les femmes devenues mères sans être mariées. Elle montre que la condamnation pour libertinage est un abus de pouvoir des hommes sur des femmes dont ils peuvent, en ce qui les concerne, profiter impunément.

« B. La voici. Une fille, Miss Polly Baker [...] de beaux enfants que Dieu a doués d'âmes immortelles et qui l'adorent. » →p. 44-47, l. 401-471

1. Transports : manifestations d'enthousiasme.
2. Pied à pied : petit à petit.
3. Impétuosité : violence.

4. Alexandre : roi de Macédoine (IVe siècle av. J.-C.) et l'un des plus grands conquérants de l'Antiquité.

DOCUMENT 10

VIVANT DENON, *Point de lendemain* ♦ (première publication 1777) éd. de 1812

Point de lendemain *de Vivant Denon (1747-1825) est un conte d'inspiration libertine. Son intrigue repose sur l'initiation amoureuse d'un jeune homme, qui devient, en une nuit de passion et pour une aventure sans lendemain, l'amant de Mme de T... Pour le libertin, la maîtrise du temps est un enjeu majeur : il s'agit de profiter du présent très vite, pour échapper à tout prix à l'ennui. L'extrait suivant est l'incipit de l'œuvre. Les personnages sont à l'opéra.*

J'aimais éperdument la comtesse de *** ; j'avais vingt ans, et j'étais ingénu[1] ; elle me trompa ; je me fâchai ; elle me quitta. J'étais ingénu, je la regrettai ; j'avais vingt ans, elle me pardonna ; et comme j'avais vingt ans, que j'étais ingénu, toujours trompé, mais plus quitté, je me croyais l'amant
5   le mieux aimé, partant le plus heureux des hommes. Elle était amie de T..., qui semblait avoir quelques projets sur ma personne, mais sans que sa dignité fût compromise. Comme on le verra, madame de T... avait des principes de décence, auxquels elle était scrupuleusement attachée.
  Un jour que j'allais attendre la comtesse dans sa loge, je m'entends
10 appeler de la loge voisine. N'était-ce pas encore la décente madame de T... ?
« Quoi ! déjà ! me dit-on. Quel désœuvrement ! Venez donc près de moi. »
J'étais loin de m'attendre à tout ce que cette rencontre allait avoir de romanesque et d'extraordinaire. On va vite avec l'imagination des femmes, et dans ce moment, celle de madame de T... fut singulièrement inspirée.
15 « Il faut, me dit-elle, que je vous sauve le ridicule d'une pareille solitude ; puisque vous voilà, il faut... l'idée est excellente. Il semble qu'une main divine[2] vous ait conduit ici. Auriez-vous par hasard des projets pour ce soir ? Ils seraient vains, je vous en avertis ; point de questions, point de résistance... appelez mes gens[3]. Vous êtes charmant. » Je me prosterne... on
20 me presse de descendre, j'obéis. « Allez chez monsieur, dit-on à un domestique ; avertissez qu'il ne rentrera pas ce soir... » Puis on lui parle à l'oreille, et on le congédie. Je veux hasarder quelques mots, l'opéra commence, on me fait taire : on écoute, ou l'on fait semblant d'écouter. À peine le premier acte est-il fini, que le même domestique rapporte un
25 billet à madame de T..., en lui disant que tout est prêt. Elle sourit,

---

1. Ingénu : naïf, innocent.
2. Référence plaisante, car décalée, dans ce contexte libertin, à la Providence.

3. Gens : domestiques.

me demande la main, descend, me fait entrer dans sa voiture, et je suis déjà hors de la ville avant d'avoir pu m'informer de ce qu'on voulait faire de moi.

DOCUMENT 11

MARQUIS DE SADE, *Justine ou les Malheurs de la vertu* ♦ (1791)

Les œuvres du marquis de Sade (1740-1814) ont longtemps été censurées, car il y défend la quête d'un plaisir sexuel sans limite et n'hésite pas à présenter un certain nombre de perversions. Ces œuvres ne témoignent toutefois pas seulement d'un libertinage de mœurs réputé scandaleux. Elles révèlent aussi une pensée matérialiste et athée, qui s'inspire des Lumières dites «radicales[1]». Dans Justine ou les Malheurs de la vertu, *Sade présente le destin de deux sœurs, Juliette et Justine, qui cherchent à survivre, sans partager la même philosophie, après avoir été chassées du couvent.*

On leur donna vingt-quatre heures à l'une et à l'autre pour quitter le couvent, leur laissant le soin de se pourvoir[2], avec leurs cent écus, où bon leur semblerait. Juliette, enchantée d'être sa maîtresse[3], voulut un moment essuyer les pleurs de Justine, puis voyant qu'elle n'y réussirait pas, elle se mit à la
5 gronder au lieu de la consoler; elle lui reprocha sa sensibilité; elle lui dit, avec une philosophie très au-dessus de son âge[4], qu'il ne fallait s'affliger dans ce monde-ci que de ce qui nous affectait personnellement; qu'il était possible de trouver en soi-même des sensations physiques d'une assez piquante volupté pour éteindre toutes les affections morales dont le choc pourrait être
10 douloureux; que ce procédé devenait d'autant plus essentiel à mettre en usage que la véritable sagesse consistait infiniment plus à doubler la somme de ses plaisirs qu'à multiplier celle de ses peines; qu'il n'y avait rien, en un mot, qu'on ne dût faire pour émousser dans soi cette perfide[5] sensibilité, dont il n'y avait que les autres qui profitassent, tandis qu'elle ne nous apportait que des
15 chagrins. Mais on endurcit difficilement un bon cœur, il résiste aux raisonnements d'une mauvaise tête, et ses jouissances le consolent des faux brillants du bel esprit.

1. Contrairement aux représentants des Lumières « radicales », dont Diderot est parfois lui aussi rapproché, la plupart des philosophes des Lumières ne défendent pas l'athéisme.
2. Se pourvoir: se rendre.
3. D'être sa maîtresse: d'avoir gagné son autonomie.
4. Les deux sœurs sont très jeunes: Justine a douze ans et Juliette a quinze ans.
5. Perfide: traîtresse.

Juliette, employant d'autres ressources, dit alors à sa sœur qu'avec l'âge et la
figure qu'elles avaient l'une et l'autre, il était impossible qu'elles mourussent de
20 faim. Elle lui cita la fille d'une de leurs voisines, qui, s'étant échappée de la
maison paternelle, était aujourd'hui richement entretenue et bien plus
heureuse, sans doute, que si elle fût restée dans le sein de sa famille ; qu'il fallait
bien se garder de croire que ce fût le mariage qui rendît une jeune fille
heureuse ; que, captive sous les lois de l'hymen[1], elle avait, avec beaucoup
25 d'humeur[2] à souffrir[3], une très légère dose de plaisirs à attendre ; au lieu que,
livrées au libertinage, elles pourraient toujours se garantir de l'humeur des
amants, ou s'en consoler par leur nombre.

DOCUMENT 12

PAUL GAUGUIN, *Arearea* (Joyeusetés) (1892) → 2e de couverture

*Paul Gauguin (1848-1903) hérite de l'impressionnisme et ouvre la voie au
symbolisme, ainsi qu'aux mouvements de peinture contemporaine, tel que le
fauvisme, caractérisé par l'intérêt porté à la couleur. Il tire une partie de son
inspiration de ses voyages. En 1891, il part en Polynésie pour se libérer des
contraintes de la civilisation occidentale. À Tahiti, il découvre un mode de vie
primitif, innocent et heureux.* Arearea, *tableau aussi appelé* Joyeusetés, *représente
des femmes dans un univers paisible et idéalisé. Gauguin considérait cette œuvre
comme l'une de ses meilleures toiles.*

1. Hymen : mariage.
2. Humeur : mauvaise humeur.

3. Souffrir : supporter.

L'enfant ou l'avenir de l'Homme

| SUJET D'ÉCRIT 1 |

Objets d'étude : La question de l'Homme dans les genres de l'argumentation du XVIᵉ siècle à nos jours.

DOCUMENTS

- RABELAIS, *Pantagruel* (1532) ◆ DOC 1, p. 138
- DIDEROT, *Supplément au Voyage de Bougainville* (1773) ◆ DOC 3, p. 141
- SAINT-EXUPÉRY, *Terre des hommes* (1939) ◆ DOC 5, p. 142

QUESTIONS SUR LE CORPUS

1 Vous montrerez que ces textes font de l'enfant une richesse, qui donne du sens à l'existence des hommes.

2 Quelle importance les textes accordent-ils à l'éducation ? Vous vous demanderez dans quelle mesure l'accès à la culture y apparaît comme une condition nécessaire à l'épanouissement de l'enfant.

TRAVAUX D'ÉCRITURE

Commentaire (séries générales)

Vous ferez le commentaire du texte de Diderot, extrait du *Supplément au Voyage de Bougainville* (doc. 3, p. 141).

Commentaire (séries technologiques)

Vous ferez le commentaire du texte de Diderot (doc. 3, p. 141), en vous aidant des pistes de lecture suivantes.

– Vous analyserez la description que fait Orou d'une société idéale, tournée vers la vie, dans laquelle chacun trouve sa juste place.

– Vous montrerez qu'Orou, en expliquant l'importance de l'enfant pour les Tahitiens, critique indirectement les mœurs de la société européenne.

Dissertation

Pour nous aider à mieux comprendre notre monde et, si nécessaire, à le critiquer, la littérature doit-elle nous entraîner vers l'ailleurs ? Vous répondrez à cette question dans un développement précis et argumenté, en vous appuyant sur les textes du corpus et sur vos lectures personnelles.

Écriture d'invention

L'aumônier, après avoir quitté Orou, rencontre un jeune Tahitien. L'enfant défend une éducation libre, qui favorise l'autonomie et le bonheur de l'individu. L'aumônier soutient, au contraire, qu'il n'y a pas d'éducation possible sans contrainte. Vous écrirez leur dialogue.

Plaidoyers pour la liberté de mœurs

| **SUJET D'ÉCRIT 2** |

Objets d'étude : Genres et formes de l'argumentation : XVIIe et XVIIIe siècles.

DOCUMENTS

- **SOREL**, *Histoire comique de Francion* (1623) ♦ DOC 7, p. 145
- **DIDEROT**, *Supplément au Voyage de Bougainville* (1773) ♦ DOC 9, p. 148
- **SADE**, *Justine ou les Malheurs de la vertu* (1791) ♦ DOC 11, p. 150

QUESTIONS SUR LE CORPUS

1 Vous expliciterez les arguments avancés dans les trois textes en faveur de la liberté de mœurs.

2 La liberté de mœurs est-elle compatible avec la religion ? Vous vous demanderez pourquoi on peut considérer que ces textes remettent en question l'ordre moral et religieux établi.

TRAVAUX D'ÉCRITURE

Commentaire (séries générales)

Vous ferez le commentaire du texte de Diderot, extrait du *Supplément au Voyage de Bougainville* (doc. 9, p. 148).

Commentaire (séries technologiques)

Vous ferez le commentaire du texte de Diderot (doc. 9, p. 148), en vous aidant des pistes de lecture suivantes.

– Vous expliquerez comment Polly Baker, dans son discours, s'efforce de démontrer son innocence pour obtenir son acquittement.

– Vous montrerez qu'elle dénonce la violence d'une justice plus soucieuse de préserver l'ordre social que de protéger les plus faibles.

Dissertation

Peut-on tout dire en littérature ? En vous appuyant sur les textes du corpus et sur vos lectures personnelles, vous vous interrogerez sur les éventuelles limites à la liberté d'expression de l'écrivain.

Écriture d'invention

Une femme d'aujourd'hui, injustement accusée, se défend devant ses juges. À la manière de Polly Baker, elle tente de prouver son innocence et explique que la loi ne protège pas assez les femmes. Vous écrirez son plaidoyer.

Le procès de la civilisation européenne | SUJET D'ORAL 1 |

• **DIDEROT**, *Supplément au Voyage de Bougainville*, chap. II

« Au départ de Bougainville, lorsque les habitants accouraient en foule sur le rivage [...] nous ne voulons point troquer ce que tu appelles notre ignorance contre tes inutiles lumières. » → p. 19-21, l. 7-61

QUESTION

L'éloquence du vieillard est-elle celle d'un « sauvage » ?

Pour vous aider à répondre

a Vous analyserez la structure du texte et la stratégie argumentative du vieillard, pour mettre en évidence l'efficacité de son discours.
b Vous montrerez que le vieillard dénonce la violence et l'immoralité des Européens. Vous expliquerez pourquoi il déplore tout particulièrement l'introduction de la notion de propriété dans la société tahitienne.
c Vous montrerez que la critique de la civilisation s'accompagne d'une défense du mode de vie « sauvage ».

COMME À L'ENTRETIEN

1 Le vieillard dénonce Bougainville avec vigueur, car il le considère comme un conquérant sans scrupule. D'après ce que vous savez de lui, ce portrait est-il conforme à la réalité historique ?

2 Diderot, dans le *Supplément au Voyage de Bougainville*, vous semble-t-il défendre une réforme de la civilisation européenne sur le modèle de la société tahitienne ? Montrez que l'éloge de la vie sauvage doit surtout donner aux Européens une leçon de relativisme.

3 Pourquoi peut-on dire que Tahiti, dans le *Supplément au Voyage de Bougainville* de Diderot, présente les caractéristiques essentielles d'une utopie ?

4 Citez d'autres textes des Lumières dans lesquels est développé le mythe du « bon sauvage ». Ce mythe n'est-il présent en littérature qu'au XVIIIe siècle ?

5 Montrez qu'un grand nombre de philosophes du XVIIIe siècle, contrairement au vieillard, qui se méfie des « inutiles lumières » (ligne 61), croient aux vertus de l'éducation et au progrès.

Une conclusion conformiste ?

| SUJET D'ORAL 2 |

● DIDEROT, *Supplément au Voyage de Bougainville*, chap. v

« Que ferons-nous donc ? reviendrons-nous à la nature ? [...] Peut-être le contraire de ce qu'elles en diraient. » → p. 77-78, l. 369-399

QUESTION

Quelle est la leçon finale de l'œuvre ?

Pour vous aider à répondre

a Analysez la dimension conclusive de l'extrait. Repérez et expliquez en particulier les effets d'écho entre cette fin et le début de l'œuvre.

b Pourquoi Diderot semble-t-il finalement défendre l'obéissance à des lois dont il a montré le caractère injuste ?

c Diderot ne refuse-t-il pas en partie de conclure et de donner une véritable « leçon » à son œuvre ? Quelle interprétation peut-on donner aux dernières répliques sur les femmes ?

COMME À L'ENTRETIEN

1 Montrez l'importance du dialogue dans l'œuvre. En quoi ce mode d'argumentation est-il favorable à une réflexion qui laisse le débat ouvert ?

2 Quelle place Diderot accorde-t-il à la femme dans son œuvre ? Montrez qu'elle constitue un enjeu majeur de l'opposition entre le « sauvage » et le « civilisé ».

3 Explicitez la dimension subversive de la sagesse délivrée par le « sauvage » : en quoi remet-elle en question l'ordre social, moral et religieux dominant en Europe ?

4 En vous appuyant sur votre lecture de l'œuvre de Diderot et sur votre connaissance d'autres œuvres du XVIIIe siècle, précisez le rapport de la plupart des écrivains des Lumières à l'idée de révolution.

5 De quel genre développé par Montaigne au XVIe siècle l'œuvre de Diderot peut-elle être rapprochée ? Quel(s) point(s) commun(s) peut-on identifier entre la conclusion du *Supplément au Voyage de Bougainville* et celle de l'essai de Montaigne intitulé *Des cannibales* (→ anthologie, p. 87) ?

Harmonies de l'ailleurs | LECTURE 1 |

DOCUMENT

● **PAUL GAUGUIN,** *Arearea (Joyeusetés)* (1892) ♦ p. 151 et 2ᵉ de couverture

Arearea, l'une des œuvres nées du séjour de Gauguin (1848-1903) à Tahiti, est caractérisée par ses couleurs vives, posées en larges aplats. Elle représente au premier plan un chien orange, qui flaire le sol. Cet animal domestique met en évidence l'accord entre la nature et les hommes. Il pourrait aussi constituer un discret autoportrait de Gauguin lui-même, auquel le voyage aurait permis un retour vers une forme de « sauvagerie » maîtrisée, rassurante. Au deuxième plan, l'une des deux femmes assises joue de la flûte. À l'arrière-plan, d'autres femmes rendent un culte à une idole. Gauguin suggère ainsi l'harmonie primitive et la dimension spirituelle de la vie des Tahitiens. L'une des femmes, qui jette au spectateur un regard à la fois mélancolique et sensuel, semble le prendre à témoin : la civilisation occidentale inspirerait-elle au peintre une telle image de paix ?

QUESTIONS

1 Expliquez le sens du titre *Joyeusetés*. La joie est-elle le sentiment qui domine dans cette scène peinte par Gauguin ?

2 Pourquoi, d'après vous, Gauguin représente-t-il exclusivement des femmes sur ce tableau ?

3 La scène et sa représentation vous semblent-elles réalistes ? Justifiez votre réponse.